folio
junior

© Éditions Gallimard Jeunesse, 2003, pour le texte et les illustrations

Claude Gutman

ANTOINE BLANCPAIN
collégien

Illustrations de Serge Bloch

FOLIO JUNIOR/**GALLIMARD** JEUNESSE

Pour Olivier

A M. Froese

Chapitre I

Avec le déménagement, début novembre, le quartier, je ne le connais pas. L'immeuble, je ne le connais pas. Mon nouvel appartement, je l'ai visité vite fait. Ma chambre est encombrée de cartons. Maman court dans toutes les pièces et mon père commence son travail aujourd'hui. Moi aussi. C'est parti.

Ma mère insiste pour m'accompagner. Je l'envoie balader. J'ai bientôt treize ans, une humeur de pitbull, des vêtements repassés, mon sac à dos sur le dos. Et au boulot.

– Mais tu ne veux vraiment pas que je vienne avec toi ? Ça te rassurerait.

Elle me prend pour qui ? Je n'ai pas besoin qu'on me rassure. En fait, si. Parce que tout s'est réglé de « chez-nous », avant, au téléphone. Je dois voir Mme Crépon, la principale.

Elle m'expliquera tout. Mais je ne sais même pas à quoi elle ressemble, où est son bureau : rien. J'ai peur et je le dis avec mes mains. Surgelées.

Je descends l'avenue inconnue. Je m'approche d'une vieille école pour garçons d'un côté, pour filles de l'autre, avec une plaque toute neuve à côté de la porte. Collège Jacques-Prévert. Papa m'en a déjà parlé. Un type qui détestait l'école, les maîtres et les imbéciles. Pourquoi lui avoir donné un collège ? Encore un truc que j'apprendrai plus tard. Le nombre de choses à apprendre plus tard…

Pour l'instant, je regarde, appuyé contre un tilleul, sur le trottoir embouteillé. Personne ne fait attention à moi. Et moi, je fais attention à tout le monde. Il y a des Noirs, des Blancs, des Jaunes et des « Arabes ». Mais ça, je n'ai pas le droit de le dire parce que c'est raciste, m'a expliqué mon père. Alors je ne le dis pas mais il y en a quand même.

La sonnerie. Quelques-uns rentrent sans se presser. Moi, je cherche si le car de ramassage scolaire est bien arrivé. « chez-nous », c'est toujours le signal pour entrer le plus tard possible.

Mais le car, ici, j'aurais pu l'attendre toute l'année. Un surveillant à catogan, sur les marches, me regarde bizarrement. A la seconde sonnerie, c'est la ruée et il ferme la porte. Il me fait signe de la tête. Je fais « non » : tant que le car n'est pas là, pas question de bouger. Toujours ça de gagné.

Mais quand je sonne cinq minutes plus tard, et qu'il m'ouvre, c'est moi qui suis sonné.

– Et tu te fous de ma gueule par-dessus le marché ! Donne-moi ton carnet. Une heure de colle. Ta classe ?

Je tente une vague explication.

Elle meurt sur un :

– Je ne sais pas.

Il se met à postillonner. Il n'a pas que ça à faire.

– Et si tu ne me donnes pas immédiatement ton carnet de liaison, c'est deux heures de colle !

Je ne bouge pas. Il croit que je le nargue. Mais j'ai les yeux baissés.

– Bon. Tu veux jouer au plus malin ? File en permanence.

Et il s'en va en courant. Il me laisse dans un immense couloir en faïence, avec une photo de Jacques Prévert, j'imagine. Lui devait aussi détester les surveillants mais mon père ne m'a rien dit. Il ne m'a pas dit non plus où était la permanence. J'avance. Je trouverai au bruit. Ça hurle et une voix pointue monte encore plus fort « mais vous allez vous taire ! ». C'est au bout du couloir, la première classe dans la cour. Je frappe. J'attends. Je frappe encore. J'attends. Je pousse la porte. Le silence instantané. Une dame à chignon me fusille.

– Mais qu'est-ce que tu veux, toi ?
– On m'a dit d'aller en permanence.

Ce n'est plus un chahut. Ça ne s'appelle pas. Tout le monde rigole, braille, envoie des boulettes. Et la dame s'énerve contre moi.

– Mais où tu te crois ? Tu vas filer, non ? Tu ne vois pas que c'est un cours d'Histoire, ici ? On travaille.

Je me retrouve dans la cour. Six marronniers, je les ai comptés, et les toilettes au fond. Je reprends ma marche au supplice. Peut-être que si maman… ? Non. J'y arriverai tout seul.

J'ai trouvé la permanence. C'était étrangement calme. Une jeune surveillante m'a demandé mon billet d'entrée. Je n'en avais pas. Elle m'a envoyé le chercher. Où ? J'ai visité trois étages au pas d'escargot. Et la première sonnerie m'a rattrapé. Le surveillant de l'entrée aussi. Il m'a reconnu et m'a sauté dessus. Il a aboyé. J'ai dû faire une tête de larmes. Ça l'a un peu calmé.

– Suis-moi !

J'ai trotté. J'ai à peine eu le temps de lire conseiller principal d'éducation. CPE, comme « chez-nous ». La porte s'est ouverte. J'ai été propulsé dans un bureau très clair où une dame en jean, cheveux courts, était en discussion avec un professeur et un élève plus grand que lui. Elle a fait un signe de tête au surveillant en me désignant.

– Je ne sais pas quoi en faire. Il n'obéit pas ! Je vous le laisse en dépôt.

La CPE m'a mal regardé, m'a dit d'attendre, là, dans le coin près de l'armoire en métal du siècle dernier, debout et qu'elle allait s'occuper de « mon cas » dans cinq minutes.

Une voix rauque de trop de cigarettes. Elle en a rallumé une en écoutant le professeur se vanter.

– Il allait dégoupiller l'extincteur. Je suis arrivé à temps. Pour lui, c'est un amusement. Si je n'étais intervenu…

Le grand, à côté de lui, regardait en l'air, ennuyé.

– Dégradation de matériel ! Tu sais ce que ça va te coûter ? J'appelle tes parents…

J'ai pensé que c'était les miens qu'elle devrait joindre en urgence. C'est moi qui les ai appelés en silence pendant deux heures. Chaque fois que la CPE allait s'occuper de moi, elle était interrompue par un défilé de plaintes, de demandes, de professeurs furibards ou très calmes. Et puis le téléphone sans arrêt. Et la sonnerie de la récré. L'émeute dans le bureau. Une dispense de gym. Un retard à inscrire. Une autorisation d'absence. Celle-là, j'aurais bien aimé l'avoir. Pas moyen. Une usine à tampons sur les carnets de correspondance. Et moi, je n'en pouvais plus. La CPE non plus. Elle a regardé sa montre. Elle est sortie.

– Tu m'attends. Ça te donnera le temps de réfléchir à ce que tu as fait. J'ai une réunion.

J'ai tout pris en note dans ma tête, même les fissures du mur et l'affiche des enfants maltraités. Numéro vert. J'aurais dû le composer comme ils disaient. Je me suis assis par terre. Tant pis. Je me ferai engueuler. J'ai pensé à « chez-nous », avant. De la fenêtre du CPE, on voyait la forêt. Ici, c'était les cheminées, les paraboles et les antennes de télé. J'ai pensé très fort à mes copains que je n'avais plus. Qu'est-ce qu'ils faisaient en ce moment ?

J'ai sursauté quand la porte s'est ouverte. La CPE a poussé un soupir. Moi aussi, en me relevant.

Elle m'avait oublié. Elle a pris son air sévère qu'elle s'inventait. Elle ne l'avait pas en rentrant : j'en suis sûr.

– A toi, maintenant !

Je ne peux pas dire ce que j'ai ressenti comme peur et aussitôt comme soulagement.

– Et puis non. Trop tard. Tu vas à la cantine. Tu reviens après.

J'ai filé dans la cour, aux cabinets. Je n'ai même pas pu m'enfermer : serrure cassée. Des grands qui fumaient en cachette m'ont viré.

J'ai fait des ronds de prisonnier autour des marronniers. Un qui avait les mêmes tennis que moi s'est approché.

– T'es nouveau ?
– Oui.
– T'es en quelle classe ?

Il n'a pas attendu la réponse. Un autre qui s'appelait Kader – je m'en souviens – l'a tiré par le bras pour une partie de foot. Ils rigolaient bien. Moi, j'avais faim. Mais je n'ai pas osé me mettre dans la queue de la cantine. Le surveillant à catogan vérifiait les cartes. Je n'en avais pas. J'ai continué mes ronds en filant des coups de lattes aux marronniers. Ça ne leur a rien fait. La cour s'est vidée. Derrière moi, j'ai senti quelqu'un arriver. Non, pas lui ! Eh si ! Le surveillant-catogan. J'ai cru qu'il allait me tuer. Erreur. Il a mis sa main sur mon épaule, m'a parlé gentiment.

– T'es tout blanc. Ça ne va pas ?

Je me suis effondré en larmes. M'en foutais si quelqu'un me voyait. Si tous me voyaient.

– Viens, je t'emmène à l'infirmerie.

Je ne pouvais plus avancer. Il m'a porté comme un paquet sur son épaule. Je me suis retrouvé allongé sur un lit. Une dame en blouse est allée chercher un sucre. Lui, s'est assis. Il m'a chuchoté :

– Moi, c'est Denis. Mais toi, qu'est-ce que tu as depuis ce matin ?

J'ai tout dit dans le désordre, les larmes, la colère, la tristesse et le nez qui coule.

Denis a souri.

– Et moi qui croyais que tu voulais sécher les cours ! Excuse-moi. Tu m'excuses ?

J'ai fait « oui » de la tête. Et tout s'est passé très vite. Il m'a conduit à la cantine : double ration. C'était bon. Tout l'aurait été. Il m'a gardé à ses côtés en surveillant la cour. A la sonnerie, j'étais dans le bureau de la principale. Elle était vieille comme maman avec des cheveux blancs. Elle m'a dit que je n'avais raté qu'une demi-journée et que ce n'était pas bien grave. J'ai sorti tous mes papiers. Elle a vérifié.

Elle s'est tournée vers le mur. Un grand fichier à cartons de toutes les couleurs. Elle a souri en me tendant une feuille et des papiers, des papiers, des papiers… à faire signer.

– En définitive, tu as de la chance. Tu peux rentrer chez toi. Ta classe n'a pas cours le lundi après-midi. Mais demain : 8 heures précises. Et sois le bienvenu dans notre établissement.

J'ai couru aussi vite que j'ai pu. Peine perdue. Maman n'était pas là. Impossible de jouer à la Nitendo. Dans quel carton ils l'avaient mise ? Je me suis endormi sur mon lit, groggy.

Sur ma porte, juste avant, j'avais laissé un post-it.
« ÇA S'EST BIEN PASSÉ »
Circulez.

Mais le soir : interrogatoire obligatoire. Mon père et ma mère m'ont sauté dessus. Leurs questions qui font mal, très mal. Et tes professeurs ? Et pour tes livres ? Ton matériel ? Ça te change d'avant ? C'est grand ? Et des copains, tu en as déjà ?

J'ai grogné. Je suis allé chercher les papiers à signer et le fameux cahier de liaison. Sur la première page, en majuscule, j'ai écrit mon nom et mon prénom, avec application.

ANTOINE BLANCPAIN

Mon nom : le seul que je n'avais pas prononcé de tout le matin. Dur de ne pas exister.

Papa m'a passé la main dans les cheveux.

– C'est bien, mon poussin !

Il me prenait vraiment pour un petit. Je me suis dégagé. La rentrée, c'est difficile à digérer. Je n'ai rien mangé.

Chapitre 2

Depuis une semaine, je garde un sourire de commande à la maison. Tout va bien et pourtant tout va mal. Mon père s'est mis à râler dès qu'il a vu la liste du matériel à acheter.

– Comme si celui que tu as déjà ne pouvait pas servir !

Est-ce que j'y étais pour quelque chose si les profs avaient chacun leurs petites manies ? Mes anciens profs avaient aussi les leurs mais je les connaissais. Grand cahier – petits carreaux ; petit cahier – grands carreaux. Format 24 x 32, 196 pages, reliure avec spirale, reliure sans spirale, protège-cahier transparent, vert, bleu ou rouge... Comme si on apprenait mieux ! Mon ancien copain, Benoît, les couleurs ne l'empêchaient pas d'être dernier en tout.

Ma mère a fait remarquer à mon père qu'il s'était déjà mis en colère pour les fournitures, à la rentrée, « chez-nous ».

– N'empêche, il a dit, je suis prêt à le redire. Ils sont complètement fous. Ce n'est pas eux qui paient. Les affaires d'Antoine sont presque neuves et il faut remettre ça !

Ma mère a froncé les sourcils pour qu'il arrête de dire du mal. Moi, j'ai continué tout seul, en silence. Il y a les « vous commencez à 2 carreaux de la marge », ceux à 3 carreaux, ceux sans aucun carreau et ceux sans marge. J'ai haussé les épaules. Le grave n'était pas vraiment là. Le grave, c'étaient mes copains disparus du jour au lendemain et je n'avais pas encore réussi à m'en faire un nouveau, rien qu'un. Normal : ça avait mal commencé.

Mme Turpin, la prof principale d'anglais n'avait pas eu de temps pour m'accueillir. Le contrôle surprise commençait. Elle a expédié les présentations. J'ai bafouillé « Antoine » et elle m'a assis d'office au fond, à côté d'une fille. Ça a fait rire toute la classe. Ça m'a fait rougir. La fille s'est écartée comme si j'avais la peste. Tant pis pour elle.

Et elle a fait de l'anglais tandis que je regardais ma classe. Mme Turpin est passée dans les rangs avec un œil qui surveillait tout sauf ce que j'avais dans la tête.

– Essaie quand même de faire l'exercice, elle m'a ordonné en passant à côté de moi, juste au moment où j'ai remarqué celui qui, le premier jour, m'avait demandé si j'étais nouveau. Il s'est fait engueuler parce qu'il m'a souri. Interdit de sourire. J'ai regardé la feuille d'exercice et j'ai souri tout de même. Fastoche. L'exercice, je l'avais déjà fait, « chez-nous », corrigé en prime. Ma vengeance. J'ai tout liquidé en dix minutes et j'ai croisé les bras. Mme Turpin s'est approchée, pas contente, certaine que je me fichais d'elle. Elle m'a presque arraché ma feuille devant toute la classe torticolis. Elle l'a vite regardée, l'a posée avec un cri de dindon qui m'a fait peur. Je m'étais donc tellement trompé ? Et puis merde !

– Tu pourrais t'appliquer pour l'écriture, elle m'a dit. Et la date ? En anglais, s'il te plaît. En cours d'anglais, tout est en anglais avec moi, elle a dit en français.

Les autres ont ri. Mme Turpin a frappé dans ses mains. Interro finie dans les temps. Top chrono. Mme Turpin est redevenue normale pour les autres.

Et pour moi, la honte.

– Quand je rendrai le contrôle, certains, dans cette classe, feront bien de prendre exemple sur Antoine. Sinon tous.

Un « lèche-cul » venu de nulle part a salué mon premier cours et tout s'est envenimé.

Mme Turpin a sauté le cours d'anglais pour passer à l'heure de Vie de classe et elle a demandé à

Mustapha de me prendre en charge, de m'expliquer le fonctionnement du collège…

Un nouveau « lèche-cul », venu d'ailleurs, a retenti. Mme Turpin a fait semblant de ne pas l'entendre. Elle s'est lancée, très en colère, dans une leçon de morale qu'elle aurait dû s'appliquer plus tôt.

– Il faut accueillir les nouveaux avec bienveillance, gentillesse… (et le mot qui tue…) surtout lorsqu'ils viennent de la campagne, comme c'est le cas d'Antoine.

Un « meuh » vache m'a blessé. Une phrase aussi.

– Alors, Mousse, tu vas jouer la baby-sitter d'un campagnard ! N'oublie pas de lui faire visiter les caves de la cité, ça le changera des étables.

Mme Turpin a tapé du poing sur la table.

– Mustapha est délégué-élu de la classe. C'est son rôle. Imaginez que vous soyez à la place d'Antoine…

– Pas possible, madame, a répondu une voix traînante. Nous, on n'est pas de la cambrousse.

Mais personne n'aurait pu se mettre à ma place pour de vrai, tête baissée, poings serrés, humilié. Si mes copains étaient là… Mais personne pour m'aider. Tout pour m'enfoncer.

Je n'ai pas écouté la suite. M'en fichais. J'en ai voulu à mes parents de m'avoir fourré dans ce pétrin.

Mustapha, bien obligé, m'a raconté des salades sans que je n'y comprenne rien sur les semaines bleues et rouges. Puis il a dit à la récré :

– Maintenant, j'ai autre chose à faire qu'à m'occuper de toi. Tu crois quand même pas que j'ai que ça à foutre, non ? Je ne suis pas ta nounou.

Et il m'a planté là.

Une semaine entière de galère, comme si toute la classe s'était passé le mot. La quarantaine. Au nom de quoi ? Je me suis accroché au surveillant-catogan pour survivre. Mais lui non plus n'avait pas que ça à faire.

– Bon, maintenant, tu me lâches, Antoine. Je t'aime bien mais je ne peux pas passer tout mon temps avec toi. Tu as des copains dans ta classe, non ? Pour la cantine, tu as compris, pour le foyer socio-éducatif aussi, pour les sorties, pareil.

J'ai fait « oui ». Oui, oui et oui. A tout le monde, mes parents aussi.

– Tu t'es fait des copains ?
– Oui.
– Tu te sens bien dans ton nouveau collège ?
– Oui.

Les parents, ils ne savent pas déchiffrer les « oui » qui veulent dire « non ».

Les profs, eux, jouent les hypocrites. Le premier jour, ils donnent une semaine pour se mettre à jour et le lendemain la semaine est déjà passée.

– Quoi ? Tu n'as pas encore réussi à acheter le cahier d'exercices ! C'est ma dernière remarque. Après, c'est un mot sur le carnet.

– Oui, madame.

Toute la classe m'attend au tournant. Dès que je réponds, c'est des « bê » et des « meuh ». Je ne sais pas comment m'en sortir mais je tiens bon. Mme Crépon, qui m'a croisé, m'a demandé si je m'adaptais bien.

J'ai poussé un grognement. Elle m'a repris.

– On dit « oui, madame » et pas ce cri inarticulé d'animal.

– Oui, madame.

J'ai envie de la supplier. Aidez-moi, s'il vous plaît. Je ne vais pas pouvoir tenir tout seul encore longtemps. Quand est-ce que ça va changer ? Je n'en peux plus.

Le miracle s'est produit quand je m'y attendais le moins, à la rentrée du matin, juste avant la nouvelle interro d'anglais. Mousse s'est approché de moi, avec Kader.

– T'es prêt pour l'interro ? il m'a demandé.

Je ne sais dire que « oui ».

– Je peux me mettre à côté de toi ?

– Oui, mais je suis déjà à côté de Fatoumata.

– Laisse. Je vais arranger ça.

Mousse a embrouillé Mme Turpin sur tous les trucs qu'il n'avait pas encore eu le temps de m'expliquer. Surtout les demi-groupes, une semaine sur deux…

– Chez lui, c'était pas comme ça, alors…

Alors il était assis à côté de moi pour l'interro. Juste des mots à apprendre par cœur et à recracher. Mousse s'en est donné à œil-joie, échappant à la surveillance de Mme Turpin. Il a fini un peu plus tard que moi, faisant semblant de réfléchir profondément.

Gagné. L'après-midi, Mme Turpin qui avait corrigé pendant une de ses heures creuses l'a félicité.

– Tu vois, Mousse, que si tu te donnes la peine d'apprendre, tes résultats s'améliorent immédiatement. C'est bien. Continue. Je t'encouragerai… Enfin, tu as compris.

Toute la classe m'a regardé d'un autre air. Mousse m'a frappé du coude. Compris. Pas besoin de merci. Et, d'un coude-baguette magique, ma quarantaine s'est arrêtée.

A la cantine, là où j'étais toujours seul en tête à tête avec mon plateau, Mousse m'a assis à côté d'Abdelkader – dit Kader ou Abdel – et de Jean-Marie. Il a viré un petit. J'ai pris sa place. Ma place dans la bande. Ils se sont déchaînés, me posant toutes les questions qu'ils avaient mises au congélateur pendant une semaine.

– D'habitude, les nouveaux, on leur parle pas si vite, a dit Kader.

– Pourquoi ?

– On les teste.

– Et il y en a eu beaucoup avant moi ?

– Non. T'es le premier, a dit Jean-Marie.

– Alors vous avez jamais rien testé du tout !

– Non et alors ? a fait Mousse. Et il a éclaté de rire. Mais maintenant je sais que t'es bon en anglais et je ne te lâche plus. Tu veux de mon dessert ?

J'ai accepté comme j'ai accepté qu'ils me raccompagnent tous les trois pour voir où j'habitais.

Kader a offert une tournée de petits bonbons à la boulangerie de l'avenue. Jean-Marie m'a offert une cigarette. J'ai dit que je ne fumais pas.

– Pas encore, a fait Mousse.

Et ils m'ont interrogé de nouveau. Pourquoi mes parents, ils étaient venus là ? Comment c'était dans ma campagne ?

J'ai dit que ce n'était pas vraiment la campagne mais un grand village, avec un collège au bord d'une rivière et d'une forêt. Ils m'ont dit que je mentais, que ce n'était pas possible. Je n'ai pas répondu en le revoyant quand même, mon collège, là-bas, « chez-nous ».

Je me suis arrêté. J'ai regardé mes nouveaux copains. Ça y était. J'en avais pour de vrai, qui me raccompagnaient, avec qui je parlais. Si mes parents m'interrogeaient, mes « oui » seraient des « oui ».

Mousse m'a pris par le bras.

– Nous, on habite là : la cité. On s'arrête. Terminus.

– Mais vous ne montez pas avec moi ? Vous verrez mes parents.

– Non. Trop dangereux. Il y a Laglue qui nous guette derrière les buissons.

Je n'ai rien compris.

– Laglue ?

– Oui. Ton gardien. Comme on est Beurs ou

Noirs, tout ce qui arrive dans le quartier : les vols, le bruit, les chats qui disparaissent, c'est pour notre pomme. Alors Laglue... Mais un jour, il le paiera ce gros taré de menteur.

J'ai pris parti contre Laglue. On s'est serré la main. A demain.

Quand mon père est rentré, j'allais tout lui raconter de mes copains.

Il m'a coupé sèchement.

– Tes devoirs sont faits ?

J'ai dit « non ».

Il m'a engueulé. Tant pis. J'avais des amis.

Chapitre 3

— Mais puisque je te dis, maman, que Mme Pigeon, elle m'aime pas. Depuis le premier jour, elle me cherche. Elle est folle-furieuse.

— Je t'interdis, Antoine ! Tu n'as pas le droit de parler d'un professeur de cette manière.

Ma mère crie. Je tiens tête. Elle s'entête.

— Et c'est quoi encore, ce mot que je devrais signer ? Tu veux que je te le relise ?

Je veux bien mais c'est faux, archi-faux. Avec sa grosse écriture d'hippopotame, Mme Pigeon a écrit sur mon carnet de correspondance son dixième mot, au moins. Après la règle que j'ai laissé tomber volontairement, ma conduite dissipée, mon insolence et j'en passe, elle m'accuse. « Par ses réflexions, Antoine empêche ses camarades de travailler. »

Je lui ferais bouffer son mot, si je pouvais. Maman est toute rouge. Comment sera papa ?

Les parents ne nous croient jamais. Ils ne

savent pas que ce qu'on leur raconte, c'est encore à des milliards d'années-lumière en dessous de la vérité. Ils n'y sont pas, eux, au collège Jacques-Prévert ; un poète qui détestait l'école. Lui, m'aurait cru.

Maman, elle, m'envoie dans ma chambre.

– Ton père signera, s'il veut, en rentrant. Tu t'expliqueras avec lui.

Par la faute de cette Pigeon de malheur, j'ai peur. Assis à ma table, je n'arrive pas à faire mon devoir de maths. A cause d'elle, j'aurai aussi une mauvaise note à faire signer, demain. Mais quand je repense à ma journée tout en mâchonnant le bout de mon stylo à bille : qu'est-ce qu'on a pu rigoler !

Pendant la récré du matin, alors qu'on se faisait des béquilles pour jouer avec Mousse – c'est Mustapha, mon pote –, la principale nous a surpris et « montez dans mon bureau ». Ça vaut une heure de colle, la bagarre pour rire. Et quand c'est pour de vrai, ça vaut aussi une heure. Tarif unique pour « éradiquer la violence » comme c'est écrit en gras dans le règlement intérieur. Avec Mousse, on a obéi. Mme Crépon allait nous faire la morale, nous expliquer qu'on commence comme ça et qu'on ne sait pas comment ça finit... Elle non plus, d'ailleurs. Impossible de se défendre, comme avec les parents. Les adultes ont toujours raison. Mais nous, on jouait à se battre ; on ne se battait pas. L'engueulade pour rien. Eh bien, pas du tout.

Mme Crépon nous a fait asseoir dans ses fauteuils de prince. Pas un mot sur notre fausse bagarre interdite. Elle nous a demandé si elle pouvait nous faire confiance. On a hoché la tête. Elle s'est lancée dans une explication de ce qu'elle attendait de nous.

– Je vous ai choisis avec dix élèves d'autres classes, au hasard, pour l'exercice de cet après-midi. Je dis bien « au hasard ».

Et elle a détaillé notre parcours.

– Mais surtout, surtout que ça demeure secret ! Je veux me rendre compte si les professeurs appliquent les consignes ou s'ils les prennent à la légère. J'ai donc besoin de vous. Il y va de la sécurité de l'établissement. Et vous m'êtes indispensables.

On s'est sentis fiers avec Mousse quand elle nous a ré-expliqué tous les détails. Et il a fallu lui re-répéter : à quelle heure... comment on s'y prendrait... Tout avait son importance. Elle nous a posé la main sur l'épaule et fait un petit clin d'œil en nous raccompagnant. Finalement, elle était moins peau de vache qu'on pensait.

– Ben alors ! a dit Mousse en descendant l'escalier. D'habitude, c'était plutôt « putain, la vieille ! ».

Mais là... Lui aussi avait été surpris.

Les copains nous attendaient dans la cour avec des yeux d'« alors qu'est-ce qu'elle vous a dit ? ». J'ai ouvert la bouche. Mousse me l'a fait fermer. Il a trouvé les mots qu'il fallait et les gestes qui vont avec. Un bras d'honneur pour cette « tache » qui nous avait filé deux heures de colle. Et il en rajoutait encore dans la fausse colère et la fausse tristesse. Ça nous a permis de tenir jusqu'à la fameuse heure. Mais ça nous démangeait de tout raconter.

Heureusement, l'alarme a sonné, comme prévu. L'alarme-incendie que les grands de 3e déclenchent comme ils veulent. Elle ne surprend plus personne sauf la prof qui panique. Elle enfile son manteau, tape dans ses mains, hurle qu'il y a le feu et qu'on se dépêche un peu.

– Vous laissez vos affaires sur votre table. Vous descendez calmement, sans courir, et on se retrouve dans la cour. Allez, allez, pressons.

Et le ton monte.

– Mais vous allez vous secouer ! Vous ne voyez pas qu'il y a le feu !

– Moi, je vois rien, a dit Wallid (prononcer Oualid).

– On ne te demande pas de voir mais de filer, a crié Mme Pigeon. Elle est même allée le soulever de sa chaise pour le mettre à la porte.

Du bruit dans tout le collège, des cris de terreur

imités dans les classes et soudain la cavalcade parce que les pompiers – les vrais –, si on ne les voyait pas, on entendait bien leurs sirènes. Mme Pigeon, pour un peu, on aurait dû la retenir pour ne pas qu'elle saute par la fenêtre.

Avec Mousse, on s'est regardés. Ni vu ni connu. En trente secondes, on était dans le bureau de la principale avec tous ceux à qui elle avait demandé de venir à son secours pour la sécurité de l'établissement. Elle nous a remerciés. Elle nous a confiés à Julie, la surveillante à nattes. Elle a quitté le bureau et le spectacle a commencé.

Du troisième étage, on voyait toutes les classes en rangs de fourmis. Les pompiers déroulaient leurs tuyaux, couraient éteindre des foyers d'incendie imaginaires. Ce qui l'était moins, c'était la principale qui passait voir les enseignants. Ils hochaient la tête et lui donnaient les feuilles d'appel. Elle avait l'air encore plus sérieuse que d'habitude. On se demandait, Mousse et moi, ce qu'elle pouvait bien leur raconter. On l'a su cinq minutes après que la sonnerie de rentrée a retenti, que l'exercice était fini et que les pompiers rembobinaient leur tuyauterie.

Mme Crépon est rentrée furieuse dans le bureau.

– Vous sortez tous, sauf Antoine et Mustapha.

Qu'est-ce qu'on avait fait ? Elle nous a regardés

en pinçant les lèvres. Ça allait barder. Mousse et moi, on a récapitulé toutes les interdictions qu'on n'avait pas respectées... Elle ne pouvait pas les connaître, mais quand même. Il suffisait d'une. On est restés cloués sous la photo du président de la République. Au « suivez-moi » de Mme Crépon, on aurait pu croire qu'il allait lui aussi lui obéir. Elle courait, la principale.

Et comme une furie, elle est rentrée dans le brouhaha de Mme Pigeon. Elle aurait frappé à la porte, personne n'aurait entendu.

Mousse et moi, dans le couloir, on a vu sortir Mme Pigeon qui n'en croyait pas ses yeux, suivie par la principale qui nous désignait du menton.

– Et eux ? Et eux ? Vous prétendez toujours qu'ils étaient avec vous pendant l'exercice ? Vous les avez marqués « présent » sur la feuille d'appel. Vous vous rendez compte ? On réglera ça plus tard.

Et elle nous a poussés, Mme Pigeon, Mousse et moi dans la salle, en claquant la porte.

Mme Pigeon s'est essuyé les yeux. Mousse et moi, on savait qu'on allait ramasser.

Mme Pigeon a franchi la ligne blanche continue. Elle nous a traités.

– Bande de petits salopiots ! Vous l'avez fait exprès. Pourquoi vous avez abandonné les rangs ? Où est-ce que vous êtes encore allés traîner ? Ça ne se passera pas comme ça !

Mousse a baissé la tête. Moi, j'étais aussi en colère qu'elle. J'ai répondu :

– Réglez ça avec la principale. Nous, on n'y est pour rien. Et vous avez pas le droit de nous dire des insultes.

Elle a hurlé que j'apporte mon carnet. Je l'ai posé bien fort sur son bureau. Mousse, qui était allé s'asseoir sans permission, a dû apporter le sien. Audrey, qui s'est mise à rigoler a fait la même chose. Fatoumata, sa voisine, a pris sa défense, dit que c'était injuste et... un nouveau carnet sur le bureau. Qui, dans la classe s'est mis alors à roucouler comme un pigeon ? Je ne saurai jamais. Mais ça a déclenché la folie des cris de gorge. Des gargarismes plus ou moins aigus. Il y en a même qui se sont mis à rugir, à miauler, à aboyer. Une ménagerie. Et les carnets, les uns après les autres, se sont retrouvés sur le bureau. Et Mme Pigeon s'est mise à faire des lignes. Bien fait. Elle écrivait de plus en plus vite, de plus en plus gros, pour terminer avant la fin de son cours qui n'a jamais commencé.

Quand la sonnerie nous a délivrés de notre mal au ventre de rire et de peur, on est allés rechercher nos carnets à signer pour demain. On a comparé. On s'est aperçu qu'on s'empêchait tous de travailler.

La menteuse. Personne ne voulait travailler. Mousse, lui, a simplement dit :

– Je vais me faire tuer à coups de ceinturon par mon père !

– Non. Viens. La principale, elle arrangera ça. On va la voir. Je vais lui raconter.

– Vas-y. Moi, j'ai pas confiance.

J'ai haussé les épaules. De quoi il avait peur ?

Elle savait bien que c'était elle qui nous avait obligés à nous cacher.

J'ai grimpé les marches en courant. La justice, ça existe, non ? Eh bien non. La principale voulait bien me recevoir. Elle a entrouvert sa porte. Elle comprenait bien la situation dans laquelle elle nous avait mis. Elle s'excusait mais on en reparlerait seulement demain. Elle était en pleine réunion. Elle faisait le point sur l'exercice d'incendie avec le commandant des pompiers. C'était vrai : je voyais son képi. Elle m'a adressé un sourire gentil et elle a refermé sa porte.

– Demain, Antoine. Demain. J'aurai du temps à te consacrer.

Mais avant demain, il y avait ce soir et mon père qui arrivait.

Il est entré dans ma chambre, mon carnet à la main. Il m'a regardé en silence, en colère.

– Je vais t'expliquer, papa.

– C'est ça. Et tu vas me dire que tu n'y es pour rien, que tu n'as rien fait.

J'ai levé la tête pour me défendre. Et j'ai abandonné.

– Non. C'est vrai. J'ai empêché les autres de travailler. Tout ce que Mme Pigeon écrit, c'est juste.

Je n'avais plus aucune envie de discuter. Comment est-ce que mon père aurait pu croire l'incroyable ? Ce n'était même pas la peine d'essayer. J'ai failli prendre une raclée. Il a signé.

Moi, je m'en tirais plutôt bien. Mais les autres, à la même heure ? On était chacun tout seul avec notre mot alors qu'on avait été ensemble dans l'affreuse rigolade.

J'ai pensé à Mousse avant de m'endormir. Peut-être qu'il imiterait la signature de son père. Pour ça, il est fortiche. Parce que lui, quand il dit qu'il va se faire tuer, c'est presque vrai. Moi, c'est juste une façon de parler. Mon père ne se sert jamais de son ceinturon. Il n'en a pas.

Chapitre 4

Mes parents croient tout contrôler : mes devoirs, mes sorties, mes copains... Ils en sont sûrs. Sauf que les lundis et les mercredis après-midi, je les ai pour moi tout seul et pour tous les copains qui viennent à la maison en cachette. Un sacré foin. Même que M. Laglue, le gardien, m'a chopé un jour en aboyant comme un bouledogue qui fumerait trop. Il m'accuse. Avec ma musique, j'empêche la voisine du dessus de faire son piano. Il va le dire à mes parents.

– Et ils savent seulement que tu traînes avec la bande de la cité ? Ils sont pas un peu trop bronzés pour toi, tes copains ? Qu'est-ce qu'ils en penseraient, tes parents ?

Pas besoin de leur demander. Ils penseraient que vous êtes un gros raciste pourri. Ils le pensent d'ailleurs. Ils le disent à la maison mais il faut toujours être bien avec les gardiens, dit ma mère. Mon père est moins convaincu. Sur le racisme, il ne plaisante jamais. Mais j'ai peur que M. Laglue cafte : pas la couleur de mes potes mais le bruit qu'on fait. Pour le reste, il ne sait rien. Personne ne sait rien sauf nous quatre : Mousse, Abdel – dit Kader –, Jean-Marie et moi.

Lundi, on a donc changé de plan pendant la récré. J'arriverai le premier. Les autres rappliqueront dès que M. Laglue commence sa sieste, entre 13 et 14 heures.

Pour sortir, on verra.

J'arrive donc seul. Je prends le courrier dans la boîte à lettres. Et aussitôt j'ai la tremblote. Le paquet est là au-dessus d'un tas d'enveloppes et de prospectus dont je n'ai rien à faire. Le paquet ! Celui qu'on attend tous les quatre depuis un mois. Et je suis le seul à le savoir. Je déchire l'emballage dans l'ascenseur. C'est lui. C'est bien lui. Je l'embrasse tellement je suis heureux. La cassette vidéo qu'on a gagnée. Et je continue à faire la danse des fous devant la glace de la salle de bains. Je pousse des hurlements. Tant pis si ça dérange la voisine. Elle joue du Chopin, dit toujours maman. Mais là, Chopin, il va devenir sourd. Je fonce vers la télé. Je glisse la cassette. Et c'est l'enfer rap. Un montage d'une heure et demie de chacun des groupes qui veulent « détruire les cités, tout ravager, pour mieux se venger des malheurs de la société ». Et je chante, et je hurle et je bats la cadence. Je m'en balance ; le père Laglue, il est foutu.

Je repense à l'idée géniale de Jean-Marie. Un lundi où on jouait à appeler les gens au téléphone pour leur poser des questions stupides pour des sondages idiots de notre invention, avec des grosses voix et des belles rigolades, obligés de raccrocher tellement on avait mal au ventre de rire, il nous a dit qu'on était vraiment que des bébés. Il nous a arraché le téléphone, mis le haut-parleur, composé un numéro. Là, on a su qu'on pouvait gagner plein de lots. Ils l'avaient dit à la radio. C'était vrai. La voix qui nous parlait nous le prouvait. Il fallait essayer, s'accrocher, réessayer, se mettre en attente pour donner la bonne réponse. On s'est acharnés pendant un bon mois et, enfin, on a pu joindre l'animateur. On s'est même entendus à la radio.

Mais il a fallu l'éteindre à cause des interférences. Et la bonne réponse, c'est Kader qui l'a trouvée ; le titre d'une chanson. Il connaît toutes les musiques. Au collège Jacques-Prévert, – un artiste qui haïssait l'école mais qui écrivait aussi des paroles pour les chanteurs –, Kader a toujours zéro en éducation musicale. Il joue à l'épée avec sa flûte à bec et dit que la musique, la prof, elle n'y connaît rien.

Mais c'est moi qui ai donné mon nom et mon

adresse, hors antenne, à cause du numéro de téléphone. Et l'animateur, là-bas, dans son bocal, il nous a tous remerciés d'avoir été si patients et promis que le cadeau, on l'aurait bientôt.

On y a cru deux semaines. Après, on a dit que c'étaient des menteurs. Que les T-shirt, les places de cinéma, les jeux pour consoles vidéo, les CD, les agendas électroniques promis, c'étaient des fausses promesses pour se faire de la publicité et qu'on n'écouterait plus jamais leur radio. Mais on l'a fait quand même, en cachette.

Le trésor était dans le magnétoscope en attendant la bande. Je suis passé d'une fenêtre à l'autre. Je me suis penché au balcon pour les voir arriver. J'ai installé à toute vitesse une salle de ciné devant la télé. Et dès qu'ils sont arrivés en douce : deux coups de sonnette à l'interphone – c'est le mot de passe –, je n'ai pas pu résister à cracher le secret.

– Tu charries, ils m'ont dit. Même pas vrai. Espèce de mytho.

– Et ça, c'est quoi ? j'ai demandé en montrant la lettre qui accompagnait le paquet.

Ils ne m'ont toujours pas cru. J'ai dû piquer une colère, les obliger à s'asseoir et j'ai mis la cassette à fond la caisse. Chopin pouvait aller se rhabiller et M. Laglue se réveiller : je m'en fichais. Kader aussi et Mousse et Jean-Marie. Ils ne sont pas restés longtemps sur leur chaise. Et pendant la sieste de M. Laglue, ça a été le Zénith et le Stade de France réunis. Il ne manquait que les spots et des spectateurs pour nous applaudir. On s'en est passé. On s'est applaudis tout seuls. On allait faire un groupe, nous aussi. On a rêvé, épuisés, excités. On allait louer la petite salle de la MJC pour répéter. Jean-Marie était déjà parti dans un délire. Il avait des paroles toutes prêtes à être rapées.

A bas les profs – leurs interros
où j'ai toujours zéro.
On dirait que ça les amuse
de nous manquer de respect.
Moi si j'arrive pas à travailler,
je le fais pas exprès.

Ça c'était envoyé. On était tous d'accord. On ne l'était plus quand il a dit qu'il prenait la cassette pour la soirée. On s'est engueulés.
— Mais j'ai eu l'idée ! a hurlé Jean-Marie.
— Seulement la réponse, c'est moi qui l'ai donnée a dit Abdel – dit Kader.
— Oui, mais la cassette, c'est chez moi qu'elle est arrivée, j'ai répondu. Et sans mon téléphone et mon adresse, elle ne serait pas là.
Mousse nous a tous calmés.
— Il n'y a que le tirage au sort qui peut décider.

Ça a mis fin au début de bagarre pour de vrai. On a pioché des petits papiers... et j'ai gagné.

– Non, faut recommencer. Je suis sûr que t'as triché, a braillé Jean-Marie, jaloux.

C'est reparti pour un tour de gros mots. Et ça s'est arrêté au coup de sonnette. On est restés comme des statues. J'ai pris ma peur sur moi. J'ai envoyé les trois autres dans ma chambre et j'ai ouvert. M. Laglue et Mme Chopin ensemble. Lui, son gros ventre. Elle, son peignoir de soie. L'explication de M. Laglue, je ne l'ai pas entendue. J'avais compris. Mon père serait prévenu. J'ai refermé la porte. Je l'ai rouverte pour laisser filer les trois autres sans qu'il soit question une seconde de la cassette. Il ne restait plus maintenant qu'à attendre mon père.

Évidemment, le soir, il avait une tête à ne pas rigoler du tout. Sale cafard de Laglue. J'ai pris les devants.

– Regarde, regarde papa, ce que j'ai gagné. C'est une cassette vidéo ! Je l'ai écoutée trop fort, d'accord.

Et Laglue est venu.

Mon père a soufflé, plutôt rassuré. Il a pris mon parti. Je n'en attendais pas moins.

– Me sauter dessus dès qu'il m'a vu rentrer dans l'immeuble, me crachouiller au nez juste pour un peu trop de bruit !

Je savais comment m'y prendre avec papa dès qu'il s'agit de Laglue.

J'ai souri. Il m'a embrassé.

– Évite, une prochaine fois. Tu sais bien que l'insonorisation de l'immeuble est mal fichue. Avant, tu pouvais faire tout le boucan que tu voulais dans la grange, mais ici…

Et il m'a interrogé sur mon cadeau.

– Fallait juste répondre à un concours sur la préhistoire. Trop facile. J'ai gagné. J'ai oublié de t'en parler. Maman m'a donné un timbre pour l'expédier.

Papa avait l'air plutôt fier. Je l'ai quitté sous prétexte de m'avancer dans mon travail. Il était plus fier encore. Je l'ai senti à ses compliments. Demain, aux copains, je leur raconterai comment je l'ai eu. Et comment mentir avec les encouragements et même les félicitations.

A table, le soir, je n'ai rien vu venir. Mon père m'a interrogé l'air de pas y toucher.

– Le ptérodactyle, c'est quoi, exactement ?

– Une espèce d'oiseau préhistorique carnivore.

Il a fait une moue admirative et posé une question vache.

– Et les dinosaures, ils écoutaient déjà du rap ? Ils avaient déjà la vidéo et le téléphone ?

J'ai regardé maman. Elle a piqué le nez dans son assiette, visage fermé. Orage assuré.

J'ai paniqué. Comment il avait deviné ?

– C'est marrant, m'a dit papa. Toi, tu reçois une cassette. Et moi, en épluchant le courrier je reçois ça…

Il a fouillé dans sa poche arrière et m'a tendu une feuille. J'avais les yeux déjà embués. J'ai aperçu des colonnes de chiffres, tamponnés France Telecom. J'avais perdu. Mon père aussi. 260 €. C'est le prix qu'il m'a annoncé, en hurlant.

– 260 € de plus par rapport à la dernière note

de téléphone ! Tu te rends compte ? C'est quoi ça, ça, ça ?

Il me montrait des numéros, en lisant, en tremblant.

– Service audiotel. 151 appels. 08... 08... 08...

Oh oui, ça me disait quelque chose. Le numéro par cœur qu'on composait avec les copains. Et on rigolait. On espérait. On attendait qu'ils nous mettent en communication...

Mon père était debout. Il tapait du poing sur la table. Moi, j'étais tout petit sur ma chaise. Je pleurais. Papa s'en moquait. Il a levé la main. Il s'est retenu au dernier moment. Puis il a fichu un grand coup sur le mur. Il s'est fait mal. Je l'ai vu grimacer. Il a pris son blouson.

– Je vais faire un tour. J'ai besoin de réfléchir.

Il nous a plantés là, maman et moi. Ma mère n'a pas essayé de me consoler. Elle m'a simplement dit :

– Il va falloir que tu paies. Tu sais, nous on travaille. Et toi, tu nous voles.

Ça m'a tellement vexé que j'ai couru me réfugier dans ma chambre. J'ai claqué la porte. J'ai trempé ma couette de larmes, tapé des pieds, mordu mon oreiller.

Non, je n'étais pas un voleur. Je ne savais pas. C'est les autres, au bout du téléphone qui l'étaient. Ils volaient les parents en se servant de nous. Dégueulasse ! Moi, je n'aurais jamais volé

mes parents... Peut-être 2 € sans que ça se voie...
Mais pas ça.

J'ai entendu mon père rentrer. J'allais payer. J'ai tremblé. Il s'est assis sur mon lit et le verdict est tombé, sans appel.

– L'argent de tes grands-parents, celui de Noël, j'en prends la moitié pour rembourser. Tu dois réparer. C'est tout. Je crois que tu as compris. Bonne nuit.

Il est parti.

Mousse, Kader et Jean-Marie m'attendaient le lendemain matin devant le collège. Ils m'ont posé des questions sur Laglue. S'il avait cafté ? Ils avaient un métro de retard mais ils ne pouvaient pas le savoir. Ils n'ont rien compris en me voyant rigoler.

– Les gars, je crois qu'on va pouvoir être inscrit sur le Livre des Records. On a la cassette la plus chère du monde. 260 €. 67 € chacun. J'ai compté cette nuit.

Ils m'ont pris pour un fou quand je leur ai dit, en plus, que le rap, je laissais tomber.

Il a fallu que je leur explique tout. Comment la facture de téléphone, je l'avais montée en même temps que la cassette. Ils se sont mis à trembler.

– Mais ton père, il va téléphoner à nos parents ? Il va demander le remboursement ?

J'ai haussé les épaules.

– Si vous croyez que je vous ai balancés...

A la récré, ils m'ont donné tous les bonbons qu'ils avaient. Et Mousse s'est proposé pour me faire mes devoirs de maths, toute l'année, si je voulais.

J'ai voulu.

Jean-Marie, en dansant, a improvisé.

Les parents, c'est pas marrant
Tu veux les niquer
C'est toi qui te fais piquer.

Jean-Marie, c'est comme La Fontaine, le poète. Il sait toujours trouver la bonne morale.

Chapitre 5

Arnaud, c'est « l'intello ». Ma mère ne supporte pas que je prononce le mot. Elle prend la mouche. Une expression que nous a apprise Mme Desjoyaux, la prof sympa de français. Ça veut dire que ma mère grimpe aux arbres aussitôt. Elle s'énerve, quoi.

– Mais ton père et moi, on est des « intellos » aussi ! C'est une telle honte pour toi ? Tu es bien content qu'il y ait autant de livres à la maison, qu'on puisse t'aider à faire tes devoirs ! Tu sais combien de tes copains n'ont pas cette chance, obligés de se débrouiller seuls ? Ça n'a rien de déshonorant d'être un « intello », comme tu dis.

Je n'aime pas quand elle commence son refrain. Elle prend tout pour elle. Et je sais qu'elle va me ressortir que Fatoumata, elle vit dans le foyer africain du bout de la rue, à côté du petit chinois du coin, qu'elle reste aux devoirs surveillés. N'empêche. Même pour elle, Arnaud, c'est

« l'intello ». Pour la classe aussi. Personne n'en fait d'histoires. Il est premier en tout – on n'y peut rien – sauf en gym. Normal. Là, il se traîne comme une tortue. Mais si on se moque de lui, ce n'est pas pour ça. C'est son « look », comme il est, quoi, même si maman n'aime pas le mot non plus. Arnaud, il est petit, rabougri et jamais, jamais, je ne l'ai vu quitter sa grosse parka bleue. Les profs ont abandonné. Sadique, lui, notre prof de gym, en guerre contre la terre entière parce qu'elle ne marche pas alignée comme il voudrait, a essayé.

– Tu l'enlèves ta parka, espèce d'empoté ? Tu veux peut-être aussi jouer au tennis avec des moufles ?

Ça nous a fait rire deux secondes. Puis on a pris la défense d'Arnaud qui ne s'est pas défendu. Il a seulement pleuré, sans bouger. Sadique s'est acharné. Il l'a traité. Il lui a dit que les intellos, il en avait plein le dos et que les fils-fils à leur maman, ils pouvaient aller se rhabiller. Sadique a voulu nous faire passer de son côté. Raté. Mousse a pris deux heures de colle et une menace de conseil de discipline où Sadique faisait, paraît-il, la pluie et le beau temps. De la frime, oui. Mousse avait juste dit :

– Mais laissez-le tranquille. Vous voyez pas qu'il peut pas l'enlever, sa parka ? C'est comme si on vous enlevait votre sifflet. Vous ne sauriez plus quoi faire.

Insolence. Sadique a gueulé, doublé les heures de colle. Mais Sadique avait perdu. Il ne lui restait plus que ses biceps et son petit pois dans la cervelle. C'est comme ça que ma mère en parle à mon père. Mais moi, je dois me taire.

Sadique nous a forcés à accélérer la cadence de course autour de la piste. Il nous a épuisés. Quand on a cru que c'était fini : un nouveau tour de plus ! Il allait nous mater, « bande de petits cons ». Mais ça, si on le dit aux parents, ils ne nous croient pas. Devant eux, les professeurs savent se tenir.

Dans le vestiaire des garçons, Sadique en a remis une couche. Le pauvre Arnaud s'est pris un mot, sans broncher. Il s'est cramponné à sa parka, sa seule défense. Et Sadique qui se croyait drôle.

– Chez toi, quand tu prends ta douche, tu gardes aussi ta fourrure ?

Personne n'a ri. C'était notre seule façon de résister.

Sur le chemin du retour du stade, entre le périphérique et les cités, j'ai compris que les filles avaient comploté. Yasmina s'est glissée à côté d'Arnaud. Du jamais vu. D'habitude, les filles ne savent pas qu'il existe. Il est transparent même avec sa parka. C'est « l'intello », chapeau, bravo, mais il y a plus rigolo.

Ce que devait raconter Yasmina devait être si terrible qu'Arnaud a même mis sa capuche. Il s'est mis à marcher en regardant ses pieds. Yasmina l'a planté là, pour rejoindre le paquet des filles et patati et patata. Nous, on ne valait pas mieux qu'elles et Wallid (prononcer Oualid) a dit qu'un bon coup de lame dans les pneus de la caisse à Sadique, ça serait une vengeance pas si terrible que ça. Quand même ! Mais d'autres ont imaginé pire pour le mal qu'il avait fait à Arnaud. En arrivant au collège, Sadique était déjà mort dix fois et personne pour le pleurer sur sa tombe.

Moi, Sadique, il ne m'intéressait plus du tout. Durant tout le trajet, j'ai observé Yasmina qui faisait le yoyo entre Julie et Arnaud. Et Julie disait oui, puis non puis oui. Julie ! Depuis le deuxième jour au collège Jacques-Prévert, si j'avais eu sa photo – celle de Julie, bien entendu – , je l'aurais accrochée au-dessus de mon lit. Les autres garçons aussi. Dès qu'elle se lève, en classe, nos yeux se tournent tout seuls comme dans les dessins animés de Tex Avery. Mon père en fait collec.

Mais aujourd'hui, dans la cour, une fois rentré, quand Julie, après mystère et boule de gomme avec toutes les filles, s'est approchée d'Arnaud qui baissait la tête, mes yeux, on aurait dit qu'ils avaient quitté mon visage.

Au cours de maths, c'était plus que je ne pouvais supporter. La révolution ! Julie s'est assise à côté d'Arnaud, encore plus tomate qu'avant mais plus rabougri du tout.

Et dire qu'on avait pris sa défense ! Je me suis penché vers Mousse pour lui dire ce que j'en pensais. Il a haussé les épaules.

– Ça se voit que tu connais pas encore les habitudes du collège. Ça se faisait pas, chez vous, à la campagne ?

– De quoi tu parles ?

– Rien. Tu verras. Mais ça m'étonne quand même de Julie. J'aurais jamais cru.

Personne n'aurait cru. Le lendemain matin, Arnaud est entré au collège sans sa parka, les mains dans les poches, la coiffure gel extra-fort. Son sourire vers Julie en disait long. Et le sourire de Julie vers ses copines encore davantage.

J'étais vraiment le seul à m'en préoccuper.

On aurait dit que ma bande, elle avait vu ça tous les jours. Mais ma tête à moi, c'était tristesse et malheur réunis avec une grosse pelletée de jalousie. Abdel – dit Kader – s'est moqué de moi.

– Ça se voit vraiment que tu débarques !

Mousse allait m'expliquer quand Sadique est passé, par hasard. Il a sauté sur Arnaud.

– Alors, ton heure de colle t'a fait réfléchir ? Ta parka, tu peux la mettre au musée maintenant. Si jamais je la revois…

Et Sadique a filé, fier de lui, de son autorité et de ses bons mots.

Je n'ai rien écouté des cours de toute la journée. Je ne sais d'ailleurs même pas les cours qu'on a eus. J'ai regardé Julie en douce, rien qu'elle. Elle a dû le sentir. Des fois, elle se retournait et je la regardais bien droit dans les yeux pour la provoquer. Elle a fait comme si je n'étais pas là jusqu'à la sonnerie de 4 heures. Elle est partie dans la rue avec Arnaud. Alors elle s'est tournée vers moi. Elle m'a souri en haussant les épaules. Je n'ai rien compris. Mousse, à côté de moi a traduit.

– Là, Antoine, moi je te dis, t'as marqué un point. La semaine prochaine, elle te tombe dans les bras.

Je me suis énervé.

– Mais qu'est-ce que ça veut dire, cette histoire ? Vous, ça vous fait rire. Mais tu vois bien que Julie, elle peut pas sortir avec Arnaud. C'est pas possible. Tu l'as vu, lui ? Tu l'as vue, elle ?

– Justement, a dit Mousse.

Il m'a pris par l'épaule.

– Je vais te raconter. T'énerve pas.

On s'est assis sur un banc, en mangeant des bonbons. Et il m'a dit. J'ai gueulé.

– Mais c'est pas vrai ? Elles ont pas le droit de faire ça !

– Bof ! Du moment que ça tombe pas sur toi ou sur moi.

Jamais je n'aurais imaginé. C'était vraiment dégueulasse. Ils étaient tous au courant et personne ne levait le petit doigt. C'était le spectacle.

J'ai réfléchi toute la nuit. J'avais déjà discuté avec Julie, au CDI. Elle n'était pas idiote. Si tous les garçons la regardaient rien que pour sa beauté, moi je savais que j'avais parlé de trucs intéressants avec elle. Elle comprendrait si je lui parlais.

Et le matin, juste avant le collège, j'ai coupé par la rue où habite Julie. Je l'ai tirée par le bras.

– C'est vrai ce que Mousse m'a raconté ? Que les

filles elles vont te donner de l'argent pour que tu fasses semblant de sortir avec Arnaud pendant une semaine et qu'à la fin tu casses et que tu chopes tout l'argent si t'as réussi ton coup ? Et que sinon tu leur donnes le double de ce qu'elles ont misé ?

C'est sorti mitraillette. Julie a baissé les yeux. J'en ai profité pour lui prendre la main.

– Tu imagines qu'on te fasse ça, à toi ? Tu te rends compte de ce que tu fais croire à Arnaud ? Lui, il est tout content. Il arrive même à enlever sa parka et toi tu te fous de sa gueule pour 10, pour 20 €, j'en sais rien… L'amour, ça s'achète pas. Et même pour rien on n'a pas le droit.

J'étais tellement en colère que je l'ai pincée et que je me suis cavalé.

Elle m'a fait la gueule toute la journée. Mais j'avais bien joué, sans le savoir. Elle a envoyé ses copines, Yasmina en tête, pour savoir si j'allais balancer l'embrouille à Arnaud.

J'ai jeté Yasmina.

– Ça te regarde pas. Moi, si j'aime une fille, c'est pour de vrai et je vais lui dire en face. Si ça marche pas, tant pis. Mais au moins, c'est mon courage à moi. C'est pas hypocrite comme vous.

Et pour lui prouver, j'ai foncé droit sur Julie. Elle était contre le mur du gymnase. Arnaud s'est enfui tellement j'avais l'air je-ne-sais-pas-comment. Mais à l'intérieur, c'était glacé. Les filles aussi sont parties. Pas trop loin, pour pouvoir écouter. J'ai parlé tout bas.

– Écoute, Julie. Moi, je veux sortir avec toi. Alors tu laisses Arnaud et tu me réponds ce soir, à la sortie.

Elle était encore plus rouge que moi. Elle m'a juste répondu en vérifiant que sa cour n'entende pas.

– Moi, je voulais pas pour Arnaud... C'est les autres filles. Elles m'ont fait du chantage... Qu'est-ce que je peux faire maintenant ?

– Juste répondre à ma question. Tu veux sortir avec moi ou pas ? C'est tout.

Je lui ai tourné le dos. J'ai rejoint ma bande. J'en avais vraiment besoin pour attendre l'heure de la réponse. Je n'ai rien dit. Mousse me posait plein de questions. Motus. Il verrait bien. Moi aussi. J'avais peur que Julie me jette. J'avais aussi pitié d'Arnaud. Peut-être « intello » mais pas un chien, quand même. Et puis si. Qu'est-ce qu'il avait à suivre Julie partout où elle allait comme un toutou ?

A la cantine, je me suis senti un peu rassuré. J'ai vu que Julie réfléchissait. Elle n'arrêtait pas de me regarder. Elle se penchait. Elle chuchotait à l'oreille de Yasmina.

Et à 4 heures, après deux zéros pour n'avoir rien écouté du tout, j'ai attendu Julie sur le trottoir, contre le tilleul.

J'ai viré Mousse. Julie a viré Yasmina. Elle m'a dit :

— C'est d'accord pour sortir avec toi. Depuis que tu es arrivé au collège, j'en avais envie... Alors j'abandonne le pari et je paierai mes copines. C'est pour toi que je le fais... Mais si jamais tu me jettes un jour, je me vengerai.

Pourquoi je la jetterais ? Elle m'a fait tellement plaisir que j'ai même pris la défense d'Arnaud.

— Sois gentille avec lui. Il méritait pas ça... Mercredi, tu peux sortir au ciné ? C'est moi qui t'invite.

Elle m'a fait un grand et beau sourire. Mais elle s'est moquée de moi.

— Et toi qui me disais que l'amour, ça s'achetait pas !

J'étais mal. J'ai dit que c'était pas pareil. Et puis je n'ai plus rien dit parce que j'étais heureux.

Le lendemain, quand Arnaud, rétréci, a remis sa parka, tout le monde avait compris.

Chapitre 6

Les preuves de ce que je raconte ? Elles sont affichées sur de grands panneaux au CDI où tout s'est passé.

Mme Desjoyaux, la prof de français, peut dire ce qu'elle veut : qu'on lui a gâché la plus belle journée de l'année, qu'on s'est conduits comme des abrutis…, les photos montrent le contraire. On ressemble à des élèves modèles, même Farid qui n'a jamais fini une heure entière en cours. Lui aussi est tout content sur la photo, cheveux laqués et ses chaussures – c'est de la marque – nettoyées plus blanches que blanches. Il n'a pas compris la consigne. Mais il faut avouer que les photos ont été prises avant, quand on préparait l'événement le plus important du collège Jacques-Prévert, un écrivain, lui aussi, comme celui qu'on attendait tous depuis deux mois. Mme Desjoyaux avait essayé de nous faire lire un de ses romans de science-fiction que personne, mais vraiment personne, pas même Arnaud, l'intello, n'a jamais pu résumer.

Sur l'estrade, Mme Desjoyaux, faisait des schémas narratifs pour nous expliquer le monde passionnant de la planète Alpha-rouge que l'écrivain racontait comme s'il y était allé. Elle était folle de S-F, Mme Desjoyaux. Elle était surtout folle de l'écrivain ou peut-être folle tout court quand elle nous a embarqués dans son jour le plus extraordinaire. Et on a marché comme un seul extraterrestre à ses ordres, camouflés en gentillesses.

– Et si le jour de sa venue, vous vous déguisiez à la ressemblance de ses créatures imaginaires, je suis certaine qu'il apprécierait beaucoup.

Une idée lumineuse.

– Et vous, madame, a demandé Abdel, vous vous déguiserez en Princesse AXB3 ?

Elle a rougi. Elle a souri. Elle pensait peut-être à sa coiffure pour le grand jour et aux beaux habits qu'elle porterait.

Elle s'était fait belle pour l'écrivain qui nous faisait l'honneur de venir nous rencontrer. Nous, on s'était déguisés en androïdes, en extragalactiques. Jean-Marie avait emprunté la panoplie de Batman de son petit frère, Arnaud avait mis un masque de Superman mais on le reconnaissait à sa parka. Fatoumata boudait, disant que de toute façon, les Noirs, il n'y en avait jamais dans l'espace et qu'au foyer ils avaient autre chose à faire que des déguisements... Et on s'est tous assis en rond dans le CDI avec, aux murs, tous les dessins des mondes futurs qu'on avait imaginés en arts plastiques. Tout était prêt, dans le silence absolu. On n'entendait que les hauts talons de Mme Desjoyaux. Moi, je tenais le caméscope, Djamel était prêt à appuyer sur le magnéto et Yasmina avait à la main la liste de toutes les questions improvisées qu'on devait poser par ordre au signe qu'elle nous ferait. Et surtout pas avant : on avait répété. Pour faire plus beau encore, la prof de musique nous avait passé la bande-son de *2001 Odyssée de l'Espace* qui devait accueillir l'écrivain qui est entré, enfin. Mme Desjoyaux s'est précipitée, cramoisie, pour lui serrer la main, et tous les appareils se sont mis en marche : les flashs, les spots...

L'écrivain, il avait une bonne gueule, une moustache, un jean, des cheveux blancs et un cartable... Mais dès qu'il a commencé à parler, c'était comme ses personnages et son roman : incompréhensible. « Charabia », elle met dans la marge, en rouge, Mme Desjoyaux. L'écrivain, il était parti comme une fusée dans des mondes inconnus sans qu'on lui ait rien demandé. Il avait une curieuse voix pointue et il devait drôlement bien connaître sa leçon. Depuis un quart d'heure qu'il était lancé dans l'espace pour nous expliquer que le présent c'était le futur ou peut-être le contraire, Yasmina n'avait pas encore pu donner le signal et Farid roupillait, tranquille, jusqu'au moment où il a vu les tennis de l'écrivain. C'est sorti : hurlement d'admiration.

– Mais il a les mêmes pompes que moi ! Classe, non ? Combien vous les avez payées ?

Mme Desjoyaux a failli s'étrangler. L'écrivain est redescendu sur terre. Il a lissé ses moustaches, soupiré et tenté un contre-pied.

– On dirait que ce que je vous raconte ne vous intéresse pas… Alors on va changer de méthode. Posez-moi toutes les questions que vous voulez, sans vous retenir, comme ça vous vient… On verra bien. N'hésitez pas.

Il ne savait pas ce qu'il venait de déclencher. Les belles questions bien léchées de Mme Desjoyaux ont gagné la poubelle et c'est parti.

Nos questions, c'étaient des vraies questions. Et si j'ai demandé combien il avait d'enfants, de quel âge, s'ils travaillaient bien en classe et ce qu'ils voulaient faire dans la vie, c'est que ça m'intéressait.

Farid, lui, s'est énervé.

– Oui, mais le prix de vos pompes, vous me l'avez pas dit. Vous répondez aux autres et pas à moi. Pourquoi ?

– Mais est-ce que tu as lu mon roman ? a demandé l'écrivain qui voulait qu'on revienne à ses Martiens.

– Ça n'a rien à voir avec vos pompes ! C'est raciste, votre truc.

L'écrivain est devenu tout blanc. Il n'a pas répondu. Daniel l'a sauvé.

– Les grolles de Farid, elles sont tombées d'un camion. Tout le monde le sait. Pas les vôtres, j'espère. Mais moi, ce que je veux savoir c'est si vous écrivez toujours des livres qu'on comprend pas ?

L'écrivain est devenu un peu plus rose. Ça se voit au caméscope. Et Mme Desjoyaux nous avait expliqué qu'on pouvait lire les sentiments des gens à l'expression de leur visage. L'écrivain, il est passé de la colère rentrée à la colère sortie, par toutes petites touches, dans un tel bruit qu'au magnéto on n'entend pas ses réponses. Seulement les questions et la voix de Mme Desjoyaux qui hurle qu'on arrête de hurler.

– Et ça vous coûte combien de faire un livre ?

– ...

– Ils vous paient, vous dites ? C'est une blague. J'y crois pas.

– Oh la thune ! Moi aussi je ferai écrivain plus tard. On comprend jamais rien quand j'écris. Alors...

– ...

– Et vous mettez combien de jours pour écrire un livre ?

– ...

– Et votre femme, qu'est-ce qu'elle en pense ?

– ...

– Et à la télé, vous y êtes passé ?

– ...

– Alors personne vous connaît !

– ...

– Quand vous étiez petit, vous vouliez faire quoi ? Moi, je veux faire pompier, pour sauver les gens.

– Et vous avez quoi comme bagnole ? Moi, mon père, il a une Audi. Elle monte facile à 300...

– ...

— Vos idées, elles vous viennent comment ? Parce qu'il faut vraiment être tordu pour aller dans l'espace. Dans notre cité, c'est plus près et c'est plus chaud. D'accord on n'a pas de laser mais avec les poings, on n'est pas mauvais.

— ...

— Au ciné, les effets spéciaux, c'est plus vrai que ce que vous écrivez. Et puis il faut se rappeler de tout un tas de noms pas possibles.

J'ai tourné le caméscope vers Mme Desjoyaux. On pouvait deviner ses sentiments sur son visage. Elle m'a fait signe d'aller tourner ailleurs. J'ai dû avoir l'intuition. J'aurais pu prendre Fatoumata et Aude qui discutaient ou Mousse qui balançait des boulettes... Non. J'ai chopé Farid dans mon viseur au moment où il s'est levé pour gueuler à Samir.

— C'est pas vrai ! Ton père, il a pas d'Audi. Il a une vieille poubelle sortie de la casse. Alors pourquoi tu frimes ?

— Dis que je mens ? a hurlé Samir.

— Ouais. Tu mens. T'es un sale menteur.

Samir a chopé Farid par le col de la chemise. Il allait lui mettre un pain quand l'écrivain a bondi pour les séparer. Il les tenait par les habits mais Samir a réussi à s'enfuir de la classe. L'écrivain, on a cru qu'il nous aurait tués. Il nous a tous regardés. Les autres ont baissé les yeux. Moi, j'étais caché derrière le caméscope. Gros plan sur le visage de l'écrivain, sur sa bouche qui lâchait des gros mots.

– Mais putain, bande de petits cons ! J'ai jamais vu ça de ma vie. Faire 300 kms de TGV pour me retrouver au milieu d'un bordel pareil ! Ça me fait mal au ventre si vous voulez savoir. Mais j'ai surtout mal pour la littérature. On sue sang et eau pour vous écrire des histoires, et vous, vous vous en tamponnez. Tout ce qui compte c'est de savoir si j'ai un chien, une bagnole, des gosses… Qu'est-ce que ça à voir avec la littérature ?

Plan général. Toutes les têtes tournées ailleurs sauf Djamel qui enregistrait. S'il avait pu enregistrer mes pensées secrètes. « Mais c'est qu'il parle comme nous ! Alors pourquoi il fait des phrases si compliquées dans son livre ? Pourquoi il s'est mis à parler charabia au début ? Il est comme tout le monde. Normal. Et il veut nous impressionner avec des grands mots qu'on ne comprend pas. Ce n'était pas la peine de faire tant de kilomètres. Et en plus, il est payé, il l'a dit à un moment, je ne sais pas quand. Et bien payé, en plus. Victor Hugo, on lit ses livres. *Les Misérables*, surtout. Moi, j'aime. Et il ne vient pas en parler. On bouquine et puis c'est tout. On aime ou on n'aime pas. C'est pas la peine de faire de la pub. »

Plan américain. L'écrivain range sa serviette.

Travelling vers la porte qu'il gagne à grands pas suivi par Mme Desjoyaux qui trottine.

Plan général. Toute la classe entre la peur et le fou rire de peur. Et pourtant, à part les deux imbéciles avec leur voiture, on n'a rien fait de mal. Qu'est-ce qu'on va ramasser quand Mme Desjoyaux va revenir !

« On », c'est évidemment moi. Qu'est-ce qui m'a pris de filmer l'arrivée furibarde de Mme Crépon, la principale, de la CPE et de la prof ? Qu'est-ce qui m'a pris de répondre après la leçon de morale obligatoire ?

– Vous vous rendez compte de l'image déplorable que vous donnez de notre établissement ? Vous vous êtes conduits comme des voyous alors que tant d'efforts ont été faits pour vous ouvrir au monde de la culture…

Mme Desjoyaux pleurait.

– Vous n'avez pas honte ? a demandé Mme Crépon. Quelqu'un peut-il m'expliquer ?

J'ai dérapé à ce moment-là. J'ai dit que l'écrivain avait demandé lui-même qu'on pose toutes les questions qu'on voulait et que c'est ce qu'on avait fait. Que c'était sérieux et pas pour se ficher du monde, ni de lui ni de personne. Que lui, par contre, il se la jouait. Et qu'au collège, chez-nous, à la campagne, j'en avais vu un autre qui ne prenait pas de grands airs et qui nous avait expliqué à quelle heure il se levait, combien il gagnait, qu'il écrivait au stylo à plume, qu'il lisait les histoires à ses enfants… mais que l'important c'était les livres et pas les personnes qui les écrivent.

– Ça suffit ! a aboyé Mme Crépon. Antoine, tu me feras deux heures de colle. Et avec Mme Desjoyaux, maintenant, vous allez écrire une lettre d'excuses à cet homme blessé par votre attitude…

Demi-tour.

La lettre hypocrite, on l'a écrite le lendemain. Mme Desjoyaux l'a dictée avec plein de formules compliquées.

Tout le monde a signé. Pas moi.

Chapitre 7

Si mes copains avaient su se taire, rien ne serait arrivé. Mais Mousse ne sait pas tenir sa langue. Il faut toujours qu'il la ramène. Qu'est-ce qu'il avait besoin de raconter à tout le collège que le bracelet que j'avais acheté à Julie valait au moins 15 € ? Que mon argent de poche, il me coulait dans les mains comme le Coca dans les casinos de Las Vegas. Il avait vu un reportage dessus. Quand il serait grand, il irait, gagnerait aux machines à sous et s'achèterait la dernière console vidéo pas encore inventée. Qu'est-ce qu'il avait besoin de dire, Mousse, combien mes parents me donnaient par semaine ?

Ma mère dit que ça serait arrivé tout de même, sans les bruits de Mousse. Que rien qu'à me regarder, sur mon front, c'est écrit « pigeon ». Une expression de son époque.

Mais ce que j'ai vécu, c'est de nos jours et je ne le souhaite à personne.

Dimanche, quand j'ai vu arriver Jimmy dans la rue, en allant chercher le pain, je ne m'attendais à rien. Il est dans ma classe, peinard. Jamais un mot. Pas de bruit. Pas de notes non plus. Les profs lui fichent la paix. Il vient, personne ne le remarque. Il ne vient pas, c'est tout aussi remarquable.

On s'est serré la main. Il a voulu me taper d'une cigarette. Je n'en avais pas. Sans que je comprenne, il m'a attrapé par le blouson, brutalement.

– Demain, t'as intérêt à m'apporter deux paquets de blondes sinon t'es mort. T'as entendu ?

J'ai fait signe de la tête. Il est parti en crachant à mes pieds. C'était tellement inattendu que j'ai agi machinalement. La peur n'est venue qu'après.

J'ai acheté ma baguette. Je suis remonté à la maison. J'ai fouillé dans ma cagnotte. J'ai trouvé un prétexte pour redescendre. Et j'ai couru jusqu'au tabac en bafouillant « deux Malboro s'il vous plaît » que j'ai mis dans mes poches. Jamais je n'aurais dû : j'étais foutu. Je ne l'ai su qu'après. J'ai respiré. Jimmy aurait ses clopes et moi la paix. Mon dimanche, au ciné, avec mes parents, était sauvé. C'est ce que j'ai cru. Le film, c'était un vieux Marx Brothers. Une histoire de soupe aux canards sans soupe et sans canards. Une arnaque. La salle riait. Moi, je n'arrivais pas à lire les sous-titres. La tête de Jimmy me revenait sans arrêt et j'avais les yeux rouges.

En sortant, maman a cru que c'était d'avoir pleuré de rire. Mon père, je l'ai vu, lui a fait un curieux signe. Ils m'ont fichu la paix toute la soirée. Qu'est-ce qu'ils avaient pu deviner ? Jean-Marie prétend qu'on peut lire dans la tête des gens. Peut-être. Avant de m'endormir, j'ai pensé à Julie. Qu'on serait amoureux la vie entière. Et puis Jimmy a rappliqué. Demain, j'en serais débarrassé. Vite, demain, crétin !

– Tu les as ? il m'a demandé juste à l'entrée du collège Jacques-Prévert, un poète qui n'aimait pas les bagarres ni les guerres.

J'avais préparé les paquets dans ma poche. Je les ai tendus. Il me les a arrachés.

– Je t'attends à la récré, il a dit. T'as intérêt à venir !

Il a fiché le camp.

J'ai pris peur. Julie m'a fait un beau sourire. Je crois que je lui ai renvoyé une grimace. Je ne me souviens que de mon mal au ventre, les deux premières heures de cours, des cheveux de Julie que j'avais envie de caresser et de l'œil de crocodile de Jimmy que j'imaginais dans mon dos. La frousse envahissante.

Et toute la classe se foutant de moi parce que Mme Desjoyaux me parlait sans que je m'en rende compte.

Elle répétait :

– Antoine ! Mais tu m'entends, au moins ?

Au bout de combien de temps j'ai sursauté et demandé :

– Comment ? Pardon… Excusez-moi.

Elle n'a pas insisté. Je devais avoir une drôle de tête. Je l'aurais au carré, j'en étais sûr, à la récré.

Julie s'est approchée de moi dans le couloir.

– Ça ne va pas ? Tu as quelque chose ?

J'ai haussé les épaules sans méchanceté. Elle l'a mal pris. Je ne pouvais pas lui parler : Jimmy me suivait. J'ai joué l'autruche dans la cour à côté de lui. Mousse m'a tiré par la manche.

– Mais t'es fou, Antoine ! Dans quelle embrouille tu vas te mettre ?

– Si on te le demande…

Mousse m'a traité de quelque chose. Mais j'étais prisonnier du silence. Je ne savais pas ce qui m'attendait. J'ai su : Omar, de 3e, la terreur de tout le collège, à côté des toilettes. Jimmy lui a serré la main. Il m'a présenté en rigolant.

– C'est lui… Tu lui demandes ce que tu veux, tu l'as le lendemain.

Omar, il me dépassait de deux têtes. Il a réfléchi.

– Demain, ce n'est pas la peine. On va lui donner une semaine. On est cool, non ? Lundi prochain, avant les cours, t'es là avec une cartouche de Camel pour Jimmy et une casquette Lacoste pour moi. Et si tu parles, t'es mort. Compris ?

Et comment ! Mes jambes jouaient des castagnettes.

– Dégage maintenant.

J'ai dégagé. J'ai même disparu une semaine entière. Invisible pour Julie, Mousse, Abdel : tous. Ils se doutaient de quelque chose. Mais si je parlais ? L'œil crocodile de Jimmy me suivait partout comme dans la poésie de Victor Hugo que j'avais apprise par cœur. Un mot et j'étais dans la tombe.

Il ne mentait pas Omar.

Le menteur, c'était mon père. Un jour, il m'avait parlé du racket, si jamais ça m'arrivait. Le plus simple, le plus évident : en parler aussitôt aux parents, à quelqu'un, un adulte responsable. Le mode d'emploi, facile. Mais qu'il l'applique, lui, mon père, quand Omar – obligatoire – va me réduire en bouillie, lundi.

L'argent, je ne l'ai pas. Je n'ai que des bons conseils. Je voudrais bien les suivre mais impossible. Si jamais je balance Omar et Jimmy, le résultat c'est le même : lundi, je suis cuit. Et pourtant j'aimerais tant dire, tout dire, me jeter dans les bras de papa. Qu'il me protège ! Me blottir contre maman et pleurer parce que j'en ai marre de me cogner à du pas possible. Tout ce que j'invente, c'est du rêve. L'argent, je pourrais le voler mais je ne le ferai pas. La casquette : comment l'acheter ? Et j'ai perdu Julie qui ne me parle plus, Mousse qui veut savoir. Les profs s'acharnent parce que je ne travaille pas. Et si je cassais la gueule à ce salaud de Jimmy ? J'y arrive. Je lui écrabouille le nez, les gencives... Mais quand je me réveille, j'ai gagné un rêve de plus et le droit de retourner en classe. Là, Jimmy me glisse deux mots en passant :

– N'oublie pas pour lundi...

Comment oublier ? Et si je tombais malade ? Et si je m'en allais loin, au bout du bout du monde ? Et si...

C'est déjà vendredi. Julie m'a rendu son bracelet. C'est Yasmina qui me l'a donné. Mousse, Jean-Marie et Abdel ne me parlent plus aussi longtemps que je ne leur aurais pas dit ce que je trafiquais. Ils jouent sans moi. Je vais exploser.

J'explose au cours de biologie. Je tiens un scalpel. Je ne sais pas ce qui me prend. Je me retourne vers Jimmy. Je hurle en pleine classe. Les conversations s'arrêtent net.

– Tu peux crever, connard ! Tu n'auras rien, rien... Tu peux me tuer si tu veux. Je m'en fous.

Et je fonce sur lui. Course poursuite dans la classe. La prof appelle au secours. Mousse et Abdel me ceinturent. Je suis par terre et je pleure sans me débattre quand un surveillant me porte dans ses bras jusqu'au bureau de la principale.

Gueuler d'abord : la première chose qu'ils font tous sans rien savoir, sans interroger.

– Mais tu te rends compte ? Menacer un camarade avec une arme ! Ça vaut le conseil de discipline. Je vais appeler tes parents. Mais qu'est-ce qui t'est passé par la tête ?

Une perche tendue. Quand j'ai tout dit, toute la vérité, elle n'a plus rien dit. Elle m'a regardé en faisant la grimace. Elle paraissait embêtée. Je l'ai vue à travers mes larmes. Et de l'engueulade, elle est passée à l'action. Opération commando. Un coup de téléphone au travail de mon père. Un autre au commissariat de police. J'ai tenté de suivre la conversation mais j'étais ailleurs, épuisé.

Mme Crépon s'est agenouillée à mes côtés.

– Ton père arrive, Antoine. J'ai besoin de discuter avec lui. Toi, tu vas au CDI te changer les idées. Et si tu peux, je te demande d'écrire tout ce qui s'est passé sur une feuille de classeur.

Je n'avais plus la tête à rien. Je me suis assis soulagé, juste un instant. L'arrivée de mon père me dispensait bien de cigarettes et de casquette mais pas de la branlée promise par Omar et Jimmy. Je n'aurais jamais dû parler. Le remède était pire que le mal. Je me suis remis à trembler pour lundi. Et à trembler davantage quand je me suis mis à écrire toute l'histoire. Évidemment, je n'ai pas parlé de Julie et de tout ce que je pensais mais j'y pensais beaucoup. J'ai tout écrit : les menaces, les commandes passées, ma peur, et j'ai fini par le scalpel et la course dans la classe. Ça m'a un peu vengé en repensant à la tête que faisait Jimmy, terrorisé.

Quand mon père est arrivé avec Mme Crépon, ma journée était finie. Eux se sont serré la main, l'air grave mais pas mécontents de ce qu'ils avaient dû mijoter. J'ai remis ma feuille de classeur. Et en route pour la maison.

Mon père m'a passé la main dans les cheveux.
– Ben mon garçon, avec ta mère on se doutait bien de quelque chose… Et tu as gardé ça toute la semaine ! Pourquoi tu n'en as pas parlé plus tôt ? C'était réglé.

Tu parles !

Ça n'a fait qu'empirer, à la maison, quand mon père m'a expliqué son plan secret pour lundi. Plus il donnait de détails plus mon ventre gargouillait. Les parents, ils ont des idées tordues pour se servir de nous. Un nouveau week-end de fichu. Et si ça ratait ? Impossible. Mon père ne cessait pas de me rassurer. Ça ne sera rien. Mais le rien, c'était beaucoup. Vivement lundi, qu'on n'en parle plus.

Et le lundi matin, on en a reparlé. Mon sac à dos prêt, mon père m'a tendu un billet de 20 € comme prévu, avec tous les détails qui vont avec. Ma mère m'a embrassé.

– Le plus dur est déjà fait, Antoine. C'est juste le dernier pas.

Une cavalcade vers le collège et Jimmy m'a harponné à l'entrée.

– Alors, t'as tout ?

J'ai montré mon sac bourré.

– Alors, donne.

– Non. Pas devant tout le monde. On avait dit devant les chiottes avec Omar.

Jimmy m'a souri, genre « je t'arnaque quand je veux maintenant ».

Dans la cour, Omar nous attendait. Il a fait une tête pas possible quand j'ai sorti de ma poche le billet de 20 € que je lui ai tendu. Il l'a pris, surpris.

Et encore plus quand Mme Crépon et un flic en civil l'ont attrapé par le bras. Mon père est arrivé. Et tout le monde au commissariat pour déposer plainte.

Omar a dit que je mentais, que je lui rendais de l'argent qu'il m'avait prêté. Jimmy a juré sur la tête de toute sa famille que les cigarettes, c'était pareil. Mme Crépon brandissait la feuille que j'avais écrite et le lieutenant de police tapait avec deux doigts sur son ordinateur. Mon père me tenait par l'épaule. Le policier a engueulé Omar et Jimmy qui baissaient les yeux. Moi aussi. Il avait tout un dossier sur eux qu'il a ressorti. Ils étaient connus par la brigade des mineurs. Ils avaient déjà été convoqués deux fois pour des faits de même nature, mais trop c'est trop et qu'ils étaient bons pour le juge des enfants.

— Tu comprends Antoine, m'a dit le lieutenant, qu'il faut tout raconter immédiatement. Maintenant, ces deux-là, même s'ils te menacent, tu ne risques rien. Le juge va se charger d'eux.

Je comprenais très bien. Mais si je rencontrais Omar et Jimmy dans la rue, ils pouvaient très bien me casser la gueule quand même. Le lieutenant ne verrait que le résultat.

— Bon. J'appelle le procureur...

Quand je suis sorti du commissariat, Mme Crépon m'a serré la main.

– Tu n'as plus rien à craindre, Antoine. C'est bien, ce que tu as fait. Le juge va s'occuper d'eux.

Je ne sais pas ce qu'il leur a dit quand ils ont été convoqués. Mais la décision du conseil de discipline, ça a été l'exclusion définitive. Omar et Jimmy sont dans un autre collège. Il paraît qu'ils se sont calmés, le temps de retrouver un autre « pigeon ».

Moi, je suis malade de les avoir dénoncés même si je sais que je suis dans le Droit, dans la Loi, comme les adultes le prétendent avec leurs grands mots à majuscules. Je suis une « balance », oui ! Pas pour Mousse qui m'a assuré, lui aussi, que j'avais bien fait, qu'il m'aurait aidé si je lui avais dit.

Julie a accepté de nouveau son bracelet. Tout était comme avant. Pas tout à fait.

Chapitre 8

C'est mon anniversaire et je pleure, assis sur le cul, dans ma chambre déserte. Je l'ai voulu, je l'ai eu. Fichu, foutu. Ma mère m'avait prévenu.

– Non, Antoine, c'est impossible. Je n'ai pas envie que vous fassiez n'importe quoi sans un adulte présent. Pas question.

– Mais pourquoi mes copains, ils peuvent inviter qui ils veulent ? Leurs parents ne disent rien…

– Ils ne disent rien parce qu'ils ne sont pas là, qu'ils travaillent, qu'ils ne peuvent rien surveiller. Ils font ce qu'ils peuvent. Et tes copains, ils traînent dans la rue. Si tu crois que je ne les vois pas le soir, en rentrant ?

– Oui, mais là, c'est pas pareil. C'est mon anniversaire.

Ma mère a poussé un soupir fatigué. Je suis revenu à la charge. Intraitable. J'ai dû convaincre mon père. Réussi. Je les ai entendus discuter puis maman est entrée dans ma chambre.

– Pour ton anniversaire, d'accord. Mais uniquement dans ta chambre et nous serons là. Tu nous fais la liste des invités, le programme des festivités…

Tout ce qu'ils voudraient. J'étais prêt à tout. J'étais prêt tout court. Depuis un mois, je ne pensais qu'à ça. J'avais ma liste d'invitations sortie sur l'imprimante en lettres gothiques. Un anniversaire Moyen Âge. Un mois de négociations dans la cour du collège, en permanence, au téléphone, dans la rue, au square, au téléphone de nouveau. Pas plus de 15 invités à choisir. Ordres et contrordres. Mousse ne vient pas si Jérémie et sa bande sont là. Julie vient à condition que Yasmina l'accompagne mais c'est là que Jean-Marie tire la gueule parce qu'ils ont cassé dix jours avant… Si Yasmina… J'ai dû parlementer, inventer, négocier et puis merde ! Et là, Jean-Marie fait machine arrière. Il ne veut pas rester en rade. Peut-être qu'il peut se remettre avec Yasmina.

J'ai joué l'expert-comptable pour arriver à 15 qui pouvaient se supporter. Mais un nombre impair ? J'ai suppplié ma mère pour 16. Autant de garçons que de filles. Accordé. J'ai embrassé ma mère. J'ai embrassé les invitations que j'ai glissées dans leurs enveloppes et en avant pour la distribution.

Gueule et méchancetés des refusés.

— Elle sera nulle, ta fête ! Et on va venir de force. On va te la bousiller.
— C'est ça. C'est ça. C'est mes parents qui ouvrent...

Ils ont insulté mon père et ma mère. J'ai laissé dire. J'étais trop à mon anniversaire. Les cadeaux de la famille, je les connaissais déjà. Ils seraient là, à un ou deux près. J'avais coché des pages entières du catalogue de la Redoute pour les jeux vidéo, les fringues... On trouve tout à la Redoute sauf le gel spécial pour que mes cheveux tiennent en piques. L'argent des grands-parents, oncles et tantes avait déjà dû arriver de « chez-nous ». Il ne restait plus que la fête et le gâteau de maman. Le même tous les ans : au chocolat. La veille, dans mon lit, j'ai fermé les yeux en imaginant mon bonheur à venir. Toute ma chambre vidée, les spots allumés, des bonbons partout, du Coca en hectolitres, les volets fermés et juste la télé branchée pour jouer. Au réveil, j'ai collé une affichette dans l'ascenseur pour m'excuser du bruit : je fêtais mon anniversaire. Si tout le quartier n'était pas prévenu, c'est que je m'y étais mal pris.

A midi, juste avant le repas, mon père a pris des photos. Moi, ouvrant mes cadeaux. Des chemises, des T-shirts, des bermudas, deux pantalons. Rien que de la marque, écrit en gros pour aveugles, devant, derrière... trois jeux Nitendo, mon gel et

80 € de bons FNAC pour tous les CD que je voudrais. Une photo pour le baiser de « merci ». Une dernière photo dans mes habits neufs d'anniversaire. Un déjeuner au lance-pierres et de l'aide pour tout déménager. A 14 heures, j'étais fin prêt pour un après-midi d'enfer. C'est le mot.

Deux coups de sonnette : Jean-Marie en éclaireur, comme convenu, avec sa pile de CD. Il serait DJ – disque-jockey – pour les parents. Il faut tout leur expliquer. Et, coup de sonnette sur coup de sonnette, tous les invités sont venus saluer mon père et ma mère, installés dans le salon comme à la cour de Louis XIV. Ils ont souri jaune quand ils ont vu le petit frère d'Abdel, en surnombre. Kader ne pouvait pas faire autrement. Il l'a expliqué. Mon père a pardonné. Et amusez-vous bien, les enfants ! Nous, on joue les nounous, on monte la garde.

J'ai fermé ma porte et tout a bien commencé. Julie m'a offert un baiser sur la joue et un pendentif porte-bonheur sous les applaudissements. Jean-Marie a mis la musique à fond la caisse et on s'est tous mis à gigoter sur de la techno, du rap, du raï et du n'importe quoi. Le petit frère de Kader s'est mis aux jeux vidéo, viré aussitôt par Bertrand qui avait amené sa manette. Et si les dérapages des grands prix étaient d'abord contrôlés, ça a viré large, avec sortie de route quand la première cigarette s'est allumée. J'ai couru sur Manu.

— Mais c'est interdit !
— C'est marqué où ? il m'a dit.
— Alors ouvre la fenêtre.
— T'as qu'à l'ouvrir toi-même.

Je l'ai fait. Quand je me suis retourné, j'ai hurlé :

— Non, pas ça ! Vous avez pas le droit. C'est dégueulasse. Pas ça ! Pas ça !

Les quatre allumés qui dansaient encore n'ont fait attention à rien. Moi, je me suis précipité vers mes tiroirs que Bertrand fouillait en rigolant. Il montrait à tout le monde mon Journal où j'écris mes secrets. Et il s'est mis à les lire à haute voix. J'ai sauté sur lui mais il l'avait déjà lancé à Mousse qui rigolait. Et ils se sont mis à jouer à la passe à dix pendant que je courais après ce que j'avais de plus précieux. Je me suis retrouvé par terre, au milieu des confettis, des serpentins. Manu, qui avait fini sa cigarette, était en train de secouer une bouteille de Coca pour qu'elle mousse bien. Kader, qui trouvait ça génial, l'a imité. Et ils m'ont arrosé comme après un grand prix de Formule 1. J'avais les larmes sucrées, tout barbouillé. Personne ne m'a vu. Je me suis essuyé avec les serviettes en papier. J'ignore quelle connerie allait encore inventer Manu quand trois grands coups tapés à la porte ont transformé les invités en statues. Ma mère est entrée avec mon gâteau et mes bougies allumées. Mon père l'accompagnait pour ne pas manquer ça. J'ai guetté son expression en rentrant. Pas belle à voir dans la fumée des cigarettes. Il n'a rien dit. Il a même chanté en chœur « joyeux anniversaire » après que j'ai soufflé comme j'ai pu. Et il s'est éclipsé en me jetant un œil noir. Ma mère a découpé les parts de gâteau, l'air de ne rien voir d'autre. Moi, je l'ai suppliée du regard. Qu'elle fasse quelque chose ! Rien à faire. Sitôt partie, c'est reparti. La guerre des chocolats a commencé. C'est tellement drôle de fabriquer des petites boulettes avec, pour les balancer. On se serait cru en classe, sauf qu'en classe il n'y a pas de moquette. J'ai tenté de me raccrocher à Julie. Elle était plongée dans mon Journal et Yasmina lisait par-dessus son épaule. J'avais dû écrire quelque chose de mal parce que Julie a éclaté en sanglots, jeté mon gros carnet à secrets dans le chocolat mélangé au Coca et qu'elle a dit « les filles, on part ». Et elles sont parties.

Si j'avais pu foutre tous les autres à la porte ! Non. Ils s'incrustaient. Ils ont dit que les filles c'était pas marrant et qu'on pouvait très bien se passer d'elles. Surtout pour se balancer des gobelets de jus d'orange sur les habits et, du balcon de ma chambre, arroser les passants qui hurlaient. Qu'est-ce qu'ils ont pu rigoler, mes copains débiles. Et moi, je me demandais ce que Julie avait bien pu trouver et ce que j'avais fait de mal, en essuyant mon Journal tout collant.

Manu cavalait après Kader pour lui expliquer une prise de karaté et tout s'est arrêté. La télé est tombée, un immense cri s'est élevé. Mon père est entré. Et tout le monde viré.

– Espèces d'abrutis, c'est vous qui balancez du Coca par la fenêtre ? Vous avez vu ma chemise. Foutez le camp, bande de petits cons et plus vite que ça !

La voix de papa était cassée tellement elle montait fort.

Une bousculade et je me suis retrouvé tout seul dans les ruines de ma chambre. La télé en miettes, les fils électriques coupés, les murs barbouillés de taches, mes tiroirs éventrés, la moquette couleur confettis mouillés... et tout à lessiver, du sol au plafond.

Maman est venue jouer la modération. Elle a pris sur elle pour me parler calmement.

– Je vais t'aider, Antoine. On va faire ça petit à petit. On commence par tout jeter dans un sac poubelle.

J'ai pleuré. Elle m'a embrassé. Je me suis relevé. J'ai ouvert mon tiroir de jeux vidéo.

Disparus, fauchés, envolés. J'ai tapé du poing contre le mur à m'en faire saigner. Mes copains, des voleurs ? Je ne pouvais pas y croire. Il a fallu que je me rende à l'évidence.

Mon père, qui s'était changé, s'est déchaîné.

– Tu fais ce que tu veux. Tu connais leur adresse. Je veux tous les jeux ou c'est moi qui vais chez eux.

– Non, papa, non !

– Alors tu fonces.

J'ai foncé. Abdel. Mousse. Jean-Marie : pas possible qu'ils m'aient volé. Les vrais copains ça ne fait pas ça. Ils l'ont tous juré et je les ai crus. Mousse, surtout, qui m'a aidé. Il avait vu Bertrand les prendre. Mousse m'a accompagné. Il voulait se racheter. Et on s'est expliqué devant la mère de Bertrand.

– Mon fils, ce n'est pas un voleur ! elle s'est mise à crier.

Mais quand elle est revenue de la chambre de Bertrand, elle ne savait pas comment faire pour tenir tous les jeux dans ses mains. Ils sont tombés. Avec Mousse, on a ramassé. Déjà ça de sauvé du désastre.

A la maison, c'était le grand nettoyage de printemps. Maman frottait les murs, mon père lessivait le couloir. Moi, j'ai passé l'éponge sur tous les plastiques transparents de mes bouquins. Tout collait. J'ai dû jeter mes posters à la poubelle. Mais c'est mon Journal que j'ai essayé de sauver en premier.

– Laisse ça, m'a dit mon père. Tu ne crois pas qu'il y a plus urgent à faire ?

Il ne comprenait vraiment rien à rien. Pour lui, ce qui comptait, c'était les vitres à nettoyer.

Et j'ai frotté, frotté pour que ça brille. Je n'en pouvais plus quand a eu lieu la grande réunion dans le salon.

– Qu'est-ce que tu en penses ? m'a demandé papa. Tu crois peut-être qu'on va te racheter une télé ?

J'ai baissé la tête. M'en foutais de la télé. Je voulais vite retourner dans ma chambre relire mes secrets. Sur quoi Julie était-elle tombée ?

J'ai accepté – bien obligé – de redonner une partie de l'argent des oncles, des tantes. J'ai rendu mes bons d'achat de CD. Ça m'était égal. Pareil pour les anniversaires de toutes les années futures où je n'aurai plus jamais le droit d'inviter personne.

Je me suis retrouvé dans ma chambre toute vide, toute nue et la moquette à shampooiner. Je me suis allongé et j'ai lu. Je n'ai rien trouvé. J'ai pris un stylo et j'ai écrit dans mon Journal « Aujourd'hui, anniversaire foutu et merde ! »

Je me suis relevé. J'ai appelé Julie. Jamais je n'aurais pu m'endormir sans savoir. Elle n'a pas voulu me parler. J'ai rappelé. Elle m'a demandé en pleurant qui c'était cette Sophie dont je parlais dans mon Journal. Ce n'était que ça.

– Mais c'était ma copine au collège, là-bas, chez-nous. Mais on ne s'écrit même plus du tout.

– Tu me le jures ?

J'ai juré parce que c'était vrai.

Julie m'a laissé entendre qu'elle pourrait me pardonner.

Sur mon Journal, j'ai rajouté : « Anniversaire fichu pas si fichu que ça ».

J'étais pressé de retrouver Julie. Les autres, je verrais.

Chapitre 9

Devant moi, mes parents ne jouent pas franc-jeu. Plutôt faux-cul. Quand Mousse vient à la maison, ils lui posent des questions mais n'écoutent pas ses réponses. Ils se forcent à être aimables parce que je suis là. Mais Mousse parti, c'est comme s'il n'avait jamais existé. Abdel, Jean-Marie, c'est pareil. Mes parents ne peuvent pas m'interdire de les voir mais ça les démange. De ma chambre, j'entends leurs conversations. Dans mon dos, c'est un autre son de cloche. Ils se font peur tout seuls, s'inventent des histoires de trafic en tous genres et s'ils téléphonent à la famille, là-bas, « chez-nous », ça tombe encore plus sec.

– Ses fréquentations, franchement, sont infréquentables, assure mon père.

Et il raconte le quartier, notre immeuble entouré de cités, la « racaille » au coin de la rue, la fauche, les flics qui n'arrêtent pas de patrouiller, le racket, et ça les inquiète. Je bous. Moi, je n'ai pas demandé à venir là. Notre appartement, mon collège, c'est mes parents qui les ont choisis. Et si mes fréquentations ne sont pas fréquentables, les leurs, il n'y a rien à en dire : ils n'en ont pas. Je connais tout le monde dans le quartier. Eux, personne. Le vide, tout le temps, tous les soirs, le samedi et le dimanche. Plus d'invitations chez les uns, les autres, comme avant, chez-nous. Plus d'amis qui ont des enfants de mon âge. Je fais avec ce que je trouve. Je n'y suis pour rien. Et mes copains c'est mes copains, que ça plaise à mes parents ou non. Ils font tout pour m'empêcher de sortir avec. Ou alors ils me préparent des sorties pas possibles pour m'éviter mes « mauvaises fréquentations ». Est-ce que je peux vraiment lui dire, à Mousse, sans me faire charrier ou passer pour un crétin fini, que le dimanche je suis allé au Louvre voir « les plus beaux tableaux du monde » ? Lui raconter le Centre Pompidou ou le musée d'Orsay ? Pour quoi je passerais ? Et les films que mes parents m'emmènent voir ? J'en ai marre. Des « classiques » en noir et blanc. Ils ne comprennent pas que je suis tout seul, qu'ils me traînent parce que je suis obligé et que je m'ennuie comme c'est pas possible. Mon père s'énerve parce que je fais la gueule devant un tableau en pensant à mes copains qui se tapent un foot sur la dalle de la cité.

— Mais enfin, il n'y a donc rien qui te plaît ? hurle mon père. On va au ciné, au restau, au musée, au théâtre... On t'emmène faire du vélo. Et « monsieur » ne trouve rien à son goût ! Tu ne crois pas que tu charries ?

Il dit « monsieur » pour me rapetisser. Et je ne peux pas lui dire en face, que je me fous de ses sorties « culturelles » pour m'éloigner. Qu'il le dise au moins franchement.

Il l'a dit. Je ne suis pas plus avancé ; plutôt enfoncé dans mon fauteuil et je me rabougris.

— Tes copains, pour le collège : autant que tu veux. Mais pour le reste, c'est notre devoir d'éducation. Plus question que tu traînes dans la rue ou devant la porte de la MJC. Ça nous a déjà coûté un portable, deux cartes téléphoniques et j'en passe. Et si tu crois qu'on ne te voit pas fumer en cachette ? Maintenant, ça suffit. Tu ne vis pas comme eux, tu n'as pas les mêmes valeurs qu'eux. Mets-toi bien ça en tête. Plus de Mousse, d'Abdel, de Jean-Marie à monter vos coups en douce. Fini. Fini. Fini. Et ça ne se discute pas.

Dans mon lit, j'ai insulté mon père. C'était un raciste qui n'aimait pas les Arabes et les Noirs... Qui faisait tout le contraire de ce qu'il m'avait appris.

Et puisqu'il avait décidé de me trouver des « fréquentations honorables » comme il avait dit au téléphone, je ferai tout capoter. On verrait bien s'il pouvait me priver de copains.

Il a commencé sa course aux bonnes fréquentations le week-end suivant : une invitation qu'il avait dû arracher. Dans la voiture, il ne parlait que de Guillaume, un garçon de mon âge, nickel parfait, avec lequel je m'entendrais à coup sûr.

Une maison de campagne à côté d'autres maisons de campagne toutes semblables.

– Bon, les enfants, on vous laisse tranquilles...

Guillaume, il est tout content. Il me montre sa console, ses jeux, son ordinateur... Pas de bol pour Guillaume. Il me donne une manette et je joue les gogols. Je ne comprends rien. J'y mets toute ma mauvaise bonne volonté et en une demi-heure, c'est lui que je rends fou. Il quitte sa chambre en courant. Je l'entends qui parle à sa mère.

– Antoine, là-haut, il est complètement taré. Il sait jouer à rien. Moi, je me tire. Je veux plus le voir.

– Mais fais un effort !

De la fenêtre, je vois Guillaume sur son vélo. Il pédale à toute allure. Bon vent.

Mon père, au retour, ne dit rien. La guerre muette.

Nouveau week-end. Papa s'est surpassé pour puiser dans ses connaissances.

Il m'offre un Jean-Philippe cette fois, bien poli, binocleux, genre Arnaud sans parka. Le pauvre. J'ai même pitié mais je suis sans pitié. Il m'explique Internet. En deux coups de souris, je l'emmène sur les sites de cul et je force la mesure. Je rougis sans qu'il me voie. Mais je tiens bon. Il détourne la tête. Et j'en rajoute encore, à m'en surprendre moi-même.

– Moi, je ne regarde que ça sur le Net.

Lui est parti s'asseoir sur son lit, dépassé. Et quand je fais semblant de fouiller dans ma poche pour lui proposer du shit – du hasch, quoi –, qu'on se fume un joint tranquille, Jean-Philippe bafouille une excuse vaseuse et court encore.

J'attends le prochain guet-apens de mon père.

Mousse, Kader, Jean-Marie, je leur raconte. Je ris jaune. Je ne leur dis pas que c'est à cause d'eux que mes parents font la course aux vrais copains fréquentables.

Toutes mes heures de loisir sont prises. Mon père m'a encouragé à faire du sport. Si je m'inscris à un club, je peux même devenir un sportif de haut niveau. Papa paie et je me paie sa tête. Il s'entête.

– Il suffit juste que tu trouves le sport qui te convienne. Il n'y a pas le feu.

Il le dit de sa voix très calme mais je sais qu'il bouillonne.

Même Sadique, le prof de gym, trouve que j'ai des aptitudes. C'est marqué sur mon bulletin. Étrange comme les aptitudes peuvent s'envoler sitôt inscrit à une association sportive, bien choisie, évidemment, le plus loin possible de la maison pour ne pas que mes copains puissent m'accompagner. Mes parents savent très bien que mes copains ne dépassent pas le quartier. Et papa a raqué sans broncher pour des inscriptions éclairs.

Judo ? Zéro. J'ai joué les crétins, à ne pas comprendre qu'il fallait faire tomber son adversaire, l'attraper par le kimono. Tennis ? J'ai confondu coup droit et revers. Les balles, je ne les voyais pas arriver. Toujours à côté. Plongée ? Je rate le 50 mètres nage libre. Papa ne dit toujours pas un mot. Il s'obstine ; je m'obstine avec une mauvaise volonté à le faire lâcher. Il tient, malin.

– Et l'école du cirque ?
– Oh oui, je veux bien !

C'est sorti trop vite. Je verrai. Mon père m'a appâté. Saut périlleux avant, salto arrière, trapèze, corde raide, jonglage et tous les gens qui m'applaudissent. Je m'y vois déjà. Mon père a failli réussir. Je résiste, quoi qu'il m'en coûte. J'en ai pleuré en cachette de n'avoir pas été retenu mais j'ai tout fait pour rater une simple galipette. Ils m'ont jeté gentiment.

Mon père serre les dents, ouvre son chéquier

pour de nouvelles activités. Équitation, golf, sports pour riches et très riches. Il m'énerve de ne pas s'énerver. Mousse, Abdel, Jean-Marie : je ne leur raconte que des mensonges maintenant. Je ne peux pas, je ne veux pas leur dire que mon père ne les aime pas, qu'ils ne sont pas des copains pour moi alors que c'est mes copains.

Et la catastrophe est arrivée. Mon père m'a inscrit sans me prévenir aux... scouts. La honte. Je n'arrive pas à me taire, à tout faire louper en silence. Là, je ne veux pas et je le hurle. De quoi j'aurais l'air avec mon short, ma chemise, mon foulard, mon chapeau débile et mon fanion. Tout, mais pas ça. Et si jamais mes copains m'aperçoivent ? Je dis « non ». Il faudra m'emmener de force.

– Qu'à cela ne tienne. Je t'emmènerai de force.

– Mais je ne suis même pas catholique, je ne suis pas baptisé. C'est contraire à tout ce que tu m'as appris !

Mon père regarde ma mère, sourit.

– Ça t'apprendra la tolérance.

Je ne comprends rien. Je m'endors difficilement. Impossible d'y échapper. Le samedi midi, mon sac à dos est prêt. Rien d'autre. Rendez-vous à la gare. Je cherche le chef scout et ses jambes poilues. Rien. Juste une bande de garçons et de filles de mon âge et deux baba-cool sans foulard, sans panoplie, normaux, qui m'accueillent en rigolant.

– C'est toi, Antoine ? Bienvenue aux Éclaireurs laïques. On part camper au bord de la Marne. T'es prêt ? Tu essaies. Si ça ne te plaît pas, c'est toi qui choisis.

Je bafouille.

– Mais le costume ? Vous êtes pas scouts.

Coyote, le chef, me regarde.

– Et si ! Les Éclaireurs font partie du mouvement scout mais on n'est pas obligés de se déguiser pour vivre en commun. Tiens, regarde Sarah, elle porte quand même son foulard.

Je regarde Sarah. Elle est rousse, un beau sourire et son foulard au poignet. Mon père me fait un signe d'au revoir.

Je n'ai pas le temps de prendre ma tête d'enterrement. Je suis entouré, questionné, présenté. Ils se connaissent tous. Dans le train, ils me racontent le camp d'été quand Coyote les a surpris à fumer... et les tentes qui se sont écroulées sous l'orage... Et si je sais faire les courses, la cuisine ? Là, ils vont être étonnés.

Le soir, dans la prairie, c'est moi qui me porte volontaire pour la popote. Mon père m'a appris pour les grillades sur le barbecue dans notre jardin, chez-nous, là-bas. Quand je commence la distribution, on m'applaudit. Ça discute autour du feu et personne n'a l'intention d'aller se coucher. Il est question des mines antipersonnel et de tous les enfants amochés à vie. Dégueulasse. Il faut faire quelque chose. En tout cas, tous les Éclés vont aller au Trocadéro déposer une chaussure pour manifester.

– Tu viendras ? m'a demandé Sarah, son beau sourire et ses yeux verts.

– Je veux, oui.

J'ai rougi dans la nuit.

Ça me changeait de mes discussions du collège, de mes copains, de Julie qui ne pensait qu'à s'habiller comme les stars de la télé. C'est ce que j'ai pensé dans la tente, allongé à côté de Maxime. Et on a parlé toute la nuit. De la peine de mort aux États-Unis, à s'en donner des cauchemars. Si les piqûres, c'était mieux que la chaise électrique ? On en a conclu tous les deux que c'était pareil : pourri, à supprimer. La lampe torche allumée malgré les consignes, j'ai posé plein de questions à Maxime. Je l'ai interrogé sur tout le monde. Sur Sarah, en particulier. Un moment, il n'a pas répondu. Il dormait.

Le réveil ? Difficile. Sarah s'est débrouillée pour venir faire les courses au village avec moi.

– Alors, les Éclés, qu'est-ce que tu en penses ?

Du bien, surtout d'elle, mais je l'ai dit autrement. Ils me plaisaient tous sauf les jumeaux. Et toute la journée, on a cavalé, fait du canot, rigolé.

Dans le train du retour, je ne voulais plus les quitter. Surtout Sarah qui me regardait, baissait les yeux, souriait. Coyote s'est assis à côté de moi. Il m'a tendu la liste de tous les Éclés. Il s'est un peu moqué de moi.

– Si tu veux vraiment un foulard, je peux t'en passer un…

J'ai souri. J'ai changé de visage en voyant mes parents sur le quai de la gare. Et puis non ! A quoi bon leur mentir ? Les Éclés me manquaient déjà. J'avais été libre, heureux et… amoureux.

Bien sûr que j'y retournerai la semaine prochaine. Ma mère a regardé mes vêtements tout crottés. Elle m'a fait couler un bain. J'étais bien.

Dans mon lit, j'ai pris la feuille du groupe. Tous les noms, les prénoms, les adresses, les téléphones et les responsabilités. Sarah centralisait les rendez-vous. Un sacré prétexte pour l'appeler. J'avais quelque chose de très important à lui demander. Mais Julie ? Tant pis. Et Mousse, Abdel, Jean-Marie ? C'était une autre vie. Alors, j'aurais deux vies. Je l'ai écrit dans mon Journal. Et aussi que mon père avait eu bien raison de s'entêter. J'avais mes copains de collège et les autres. Et je n'abandonnerai ni les uns ni les autres. Gagné.

Chapitre 10

Julie, c'est fini. Mousse a balancé mon histoire avec Sarah. Il jure que non mais c'est oui. J'aurais mieux fait de me taire. Et puis non. C'est mieux ainsi même si je l'ai eu mauvaise quand Yasmina m'a apporté un paquet dans la cour.

– Tiens, de la part de Julie.

Je ne m'y attendais pas. J'ai compris en l'ouvrant. Tous les cadeaux que j'avais offerts à Julie, mes lettres et une petite phrase vengeresse écrite en gros sur une feuille : « Tu me le paieras ! »

J'ai haussé les épaules. J'ai injurié Mousse qui a juré sur sa mère, le Coran, sa tête, la mienne, qu'il ne savait pas de quoi je parlais. J'ai laissé tomber. Mousse s'attendait à une bagarre. Je ne lui ai même pas fait la gueule. Les mensonges, c'est trop dur.

Et Mousse m'avait rendu service sans le savoir. C'est uniquement Sarah que j'aime et je le lui ai écrit. Elle m'aime aussi. Et toute la semaine

– depuis que je suis débarrassé de Julie –, je pense à elle, quand on va se revoir et être bien ensemble aux Éclés, au cinéma ou dans la rue à se balader. Sarah, c'est de l'amour vrai. Je n'arrête pas d'y penser. Surtout au cours de techno où on fabrique des objets introuvables et qui ne marchent jamais tellement on y met de mauvaise volonté. M. Bernachon fait ses yeux de crapaud; je m'échappe avec Sarah. Je suis tellement loin et bien que je n'entends pas la porte s'ouvrir et quelqu'un m'attraper par l'épaule.

Denis, le surveillant-catogan ne rigolait pas.

– Suis-moi.

J'ai suivi. A sa tête, c'était sérieux.

– Qu'est-ce qui se passe ? j'ai demandé.

– Je ne te croyais pas capable de ça ! il m'a dit, très en colère. Mais là, tu as dépassé les bornes.

– Mais qu'est-ce que j'ai fait ?

– Joue pas le malin. La CPE a annulé tous ses rendez-vous pour toi.

La porte était ouverte et la CPE faisait une tête encore plus méchante que Denis.

Je n'ai plus rien compris. Rien de rien de rien. L'impression d'être dans un cauchemar dont on ne se réveille jamais, quand la CPE m'a dit :

– Allez, avoue.

Je suis resté muet ; le ventre, la gorge noués.

– Tu t'entêtes ? elle m'a demandé. Ne t'enfonce

pas davantage. Ce que tu as fait est déjà tellement grave.

J'ai baissé la tête. Je l'ai relevée. Mme Crépon, la principale, est entrée. Elle m'a dit aussi d'avouer immédiatement.

– Ça n'enlèvera rien à la gravité de ta faute mais ça soulagera au moins ta conscience. Tu te rends compte de la situation ?

J'ai fait « oui » de la tête pour dire que je ne comprenais rien. Pourquoi j'étais là ? Qu'est-ce qu'on voulait que je dise ?

La principale s'est méprise.

– Tu vois. Tout se sait au collège et deux de tes camarades t'ont désigné. Regarde. J'ai là leurs déclarations écrites et signées.

Est-ce qu'il existe pire qu'un cauchemar-cauchemar ? C'est ce que je vivais. Elles me rendaient folles toutes les deux. Et je ne pouvais pas parler.

Mme Crépon a haussé le ton.

– Passe dans le couloir. Réfléchis bien. Et quand tu seras décidé à avouer, fais-nous signe.

Je me suis adossé au mur. De quoi je pouvais bien m'accuser ? J'ai passé en revue le règlement intérieur déjà copié deux fois depuis ma rentrée. Rien trouvé. Je n'avais insulté personne, bousculé personne, menacé personne. Je n'avais ni couteau, ni canif, ni cutter, ni ciseaux à bouts pointus.

Je n'avais pas de cigarettes. Je n'avais rien et je n'avais rien fait. Pas une miette de quoi que ce soit à me reprocher. Ça m'a rendu courage. J'ai serré les poings. Je suis rentré dans le bureau de la CPE. Elle a craché la fumée de sa cigarette.

– Ça y est, tu te décides enfin ?

J'ai parlé poliment.

– Je veux seulement savoir de quoi vous m'accusez.

Elle a bondi comme si j'étais un serial killer. Elle m'a attrapé par le bras.

– Après ce que tu as fait, c'est toi qui viens demander des comptes ? Retourne dans le couloir.

Elle m'y a jeté. Je me suis recollé au mur avec une folle envie de la massacrer, elle et Mme Crépon, arrivée aux hurlements. Qu'est-ce qu'elles me reprochaient ?

Je l'ai su une demi-heure plus tard. Denis, le surveillant-catogan avait dû être envoyé pour m'amadouer et me faire plier.

– Si tu ne dis pas que c'est toi qui as renversé tout une bouteille de parfum sur les vêtements de Mme Brignolle, dans le couloir, à la rentrée, c'est l'exclusion définitive ! Mais si tu avoues... Deux de tes camarades t'ont dénoncé. Tu es cuit.

J'étais surtout hors-circuit. Les deux balances, je les aurais. Mais Mme Brignolle, je ne savais même pas qui c'était. Et cette histoire de parfum, je n'en savais rien de rien. Pas le plus petit rien.

J'ai pris Denis par la manche.

– Denis, je te jure que je ne comprends pas. Crois-moi pas si tu veux mais je ne suis pas fou. Je sais ce que j'ai fait ou pas. Et ça, je ne l'ai pas fait.

Denis m'a regardé d'un drôle d'air. Peut-être que je ne mentais pas... ou peut-être que si, que je jouais trop bien la comédie. Il est parti au rapport chez la CPE. Il a secoué la tête en revenant, désolé. Une petite voix triste :

– Tu ne bouges pas du couloir aussi longtemps que tu n'avoues pas. C'est les ordres.

Il a haussé les épaules. Lui, me croyait. Mais

comment je pouvais me défendre tout seul dans mon coin ? Elles pouvaient me torturer, je n'avouerais jamais, jamais, jamais... Ou peut-être que si. L'idée m'est venue après une heure d'attente et de silence insupportables. Je n'en pouvais plus.

J'ai esquissé un pas. Je me suis repris aussitôt. Pourquoi elles ne me punissaient pas tout de suite ? Pourquoi elles n'appelaient pas mes parents si elles étaient si certaines que c'était moi ? Ça clochait. Elles ne pouvaient pas être aussi sadiques... rien que pour me faire avouer ! Alors je ne dirais pas un mot. J'attendrais. Et j'ai attendu. J'avais faim, froid, soif, envie d'aller aux toilettes, de hurler, de cogner, de pleurer. J'ai juste grignoté à la cantine, tout seul, dans un coin et je suis retourné dans le couloir à supplices.

Des profs sont passés sans me voir. Je leur ai tourné le dos. J'ai regardé par la fenêtre. Une main s'est posée sur mon épaule. J'ai sursauté. C'était Malika, une grande de 3e que j'aime bien. Elle m'a interrogé. Je lui ai raconté vite fait. Elle est devenue folle de rage. Elle s'est mise à hurler :

– Mais c'est pas toi ! Moi j'ai vu ce qui s'est passé. J'étais derrière.

Et, sans frapper, indignée, elle est entrée chez la CPE sans refermer la porte. J'ai tout suivi.

– Vous pouvez me mettre autant d'heures de

colle que vous voulez mais Antoine n'y est pour rien. Moi, j'ai vu qui a lancé la bouteille de parfum.

Je me suis rapproché de la porte. La CPE montrait deux feuilles de papier à Malika en martelant :

– Mais les déclarations sont signées !

– Oui, des fausses. C'est dégueulasse.

– Change de langage, s'il te plaît !

– Je parlerai autrement quand vous arrêterez d'accuser Antoine. C'est Stéphane qui a fait le coup. Stéphane, vous m'entendez ? Il a arrosé Mme Brignolle qui marchait devant lui. Alors pourquoi vous vous en prenez à Antoine ?

La CPE ne pouvait pas répondre. Moi, si. L'évidence. Stéphane, c'est le grand frère de Julie. Et sa vengeance pourrie, elle l'a fait faire par quelqu'un d'autre. Quel courage !

Une qui en avait vraiment, c'était Malika. Elle a dit qu'elle ne quitterait pas le bureau aussi longtemps qu'on m'accuserait à tort. Mme Crépon est intervenue. Repalabre et branle-bas de combat.

– Allez donc me chercher les deux dénonciateurs ! a commandé Mme Crépon à la CPE.

Mais c'est moi qu'elle a regardé d'un mauvais œil comme si j'étais toujours responsable de tout, même des faux témoignages.

Malika m'a fait un beau sourire de victoire, avant qu'elle écrive, elle aussi, tout ce qui s'était vraiment passé.

J'ai cru que mon cauchemar continuait quand j'ai vu entrer Julie et Yasmina. Elles, en personne, qui n'osaient pas me regarder.

– Vous maintenez vos accusations ? a hurlé Mme Crépon.

Elles ont hoché la tête puis juré qu'on les avait obligées à me dénoncer sinon elles se faisaient éclater la cervelle par Stéphane. Il avait un pitbull et il n'aurait pas hésité à le lâcher.

– Vous ne connaissez pas mon frère, a pleurniché Julie pour se défendre. Elle inventait n'importe quoi.

– Ah si ! a soupiré Mme Crépon. Fume dans les toilettes, deux jours d'exclusion pour propos grossiers, absences à répétition. J'ai son dossier dans mon bureau.

Mais Mme Crépon n'a pas demandé pourquoi c'est moi, précisément, qu'on devait dénoncer.

Julie et Yasmina se sont mises à pleurer des larmes de crocodile quand la principale leur a expliqué ce qu'était un faux témoignage. Que leur cas était grave, très grave, mais qu'elle comprenait qu'on puisse avoir peur de menaces aussi violentes. Pourquoi elles n'étaient pas venues lui dire aussitôt ?

– J'allais pas dénoncer mon frère, tout de même, a chialotté Julie.

Et dans un brouillard de larmes, Julie et

Yasmina ont récolté quatre heures de colle. Moi, un :

– Tu vois bien que la vérité finit toujours par éclater. Allez, tu peux rejoindre ta classe. Quant à Stéphane...

Elle pouvait lui faire ce qu'elle voulait. Il pouvait lui raconter ce qu'il voulait ; je courais déjà dans le couloir des tortures. Denis, le gentil, m'attendait pour me réconforter. La CPE, la principale, il aurait fallu leur brûler la plante des pieds pour qu'elles reconnaissent qu'elles m'avaient fait souffrir à en crever. Elles s'en fichaient. Elles tenaient leurs coupables avec signature et tampon.

– Ce n'est pas bien méchant, m'a dit Denis.

Si. Et tellement blessant que je suis allé me cacher à l'infirmerie... pour qu'on appelle mes parents à cause de ma tête prête à exploser.

Trois heures à me faire passer pour un menteur.

– Mais personne ne t'a fait d'excuses ? m'a demandé mon père quand il a su la vérité.

– Non. Personne.

Ma mère a haussé les épaules.

– Écoute Antoine, ne raconte pas n'importe quoi. C'est difficile de te croire. Bien sûr qu'on t'a fait des excuses.

– Non. Pourquoi je mentirais ?

Mon père a tenté de défendre Mme Crépon.

– Peut-être qu'elle ne savait pas comment s'en

sortir. C'est parfois difficile pour un adulte d'admettre de s'excuser devant un enfant.

Elle ne s'était pas excusée. Elle m'avait accusé à tort. Un point c'est tout. Il n'y avait rien à discuter.

Le soir, Mousse est passé à la maison.

– C'est de ma faute, tout ça, il a dit. Je n'aurais jamais dû parler à Julie. Qu'est-ce que tu vas faire maintenant ?

– Il va dormir… Il en a besoin, a dit mon père. Après, on verra.

– Oui, j'ai dit. On verra ma vengeance.

– Tu vas dormir, m'a dit ma mère en poussant Mousse à la porte. Demain, tu seras dans de meilleures dispositions. Tout s'effacera lentement. Et il te reste tous tes copains.

J'ai fait comme si je la croyais. Des copains, je n'en avais plus. J'en avais jamais eu. Tout le monde était contre moi. Il ne me restait que Sarah.

Chapitre II

Ma mère me secoue. Je n'ai pas entendu le réveil. J'aurais eu du mal. Je ne l'ai pas mis à sonner. Je n'ai pas préparé mon sac. Je n'ai rien fait et ne compte pas en faire davantage. Je grogne. Ma mère aussi.

– Mais Antoine, secoue-toi. Tu vas être en retard au collège... Allez, allez. Et je suis pressée, aujourd'hui. Je ne peux pas rater mon rendez-vous.

Je me lève en ronchonnant, traînassant. Ma mère s'affole. Elle veut ranger mes affaires tout en s'occupant des siennes. Elle abandonne.

– Tant pis. Tu arriveras en retard. Moi, je pars.

Elle m'embrasse sur le front. Une dernière recommandation. Laquelle ?

Je prends mon petit déjeuner dans la cuisine au son d'une musique d'enfer. J'écoute les pubs. Je peux même gagner une voiture prototype si j'appelle. Je ne suis pas pressé. Et si je vais au collège, c'est à reculons. Trois quarts d'heure de retard. Il n'y a pas le feu. Il y a seulement la colère qui naît quand j'aperçois les sales murs de briques de Jacques-Prévert. Je n'irai pas. Je n'irai plus. Ils paieront tous : mes parents qui ne me croient pas, mes copains qui ne m'ont pas soutenu, Julie et son frère pourri, les profs qui s'en fichent, la CPE, Mme Crépon... Pas de pardon !

Je fais demi-tour. Je ne veux plus les voir. Je pense à Sarah. Elle m'aidera. Son portable ne propose qu'un message à laisser après le bip sonore. Je n'en laisse pas. Mais ça m'a réconforté d'entendre sa voix.

Je pars mais je ne suis pas faux-jeton. Je dis pourquoi. La vraie raison, je l'écris sur une belle feuille. « Tout ce que j'ai dit, c'est la vérité. Personne ne s'est excusé. Vous m'avez pris pour un menteur. Je m'en vais. Je ne rentrerai que pour des excuses. Je vous embrasse. Antoine. »

J'ai scotché la feuille sur la télé. Et ça s'est précipité. J'ai vidé mon sac par terre, dans ma chambre. Je l'ai bourré de tout et n'importe quoi : mon duvet des Éclaireurs, mon carnet d'adresses, mon walkman, un maillot de bains, des biscuits, trois T-shirt, du chocolat, mon tube de gel pour les cheveux et tout ce qui pouvait rentrer en bourrant avec les pieds. Paré. Presque. J'ai volé mes parents, sans honte, exprès pour les punir. Ils ne m'avaient pas cru. Là, ils verraient. J'ai sorti le gros bouquin près de l'entrée où ils glissent quelques billets pour la semaine. J'ai tout pris. Cinq billets. Ils comprendraient que ma lettre, ce n'était pas du « mytho », que ma colère, c'était de la rage. C'est eux qui me supplieraient de rentrer. Les excuses, ils me les feraient. Ils paieraient le prix fort. Je leur en voulais. Ils m'avaient laissé tomber. Chacun son tour.

A chaque pas que je faisais dans ma rue, j'écrasais tous ceux qui m'avaient fait mal. Laglue, qui espionnait en arrosant les fleurs, n'a pas compris l'injure que je lui ai crachée au passage. Mais tu ne me verras plus, non plus, gros tas.

Mon quartier, ce n'était plus mon quartier. Je ne l'avais jamais aimé. Je le quittais. Et plus je m'en éloignais, plus je me sentais léger.

J'étais déjà tellement ailleurs que je ne savais pas où. Et c'était bien. Dans ma classe, ils devaient sûrement être en train de se déchaîner à coup de boulettes et de gommes au cours de dessin. Moi, j'étais sur une grande place. Une fontaine et un MacDo désert. Pour la première fois de ma vie, personne pour me dire « fais ci, fais ça, levez-vous, prenez un stylo vert, range ta chambre, et pourquoi tu as frappé ton camarade ? (alors que c'était faux)… et tu rentres à 6 heures ». Je ne rentrerai pas. Ou plutôt si : au MacDo avaler un Coca, des toasts et de la confiture. Je paie. Je m'assois contre la vitre. Personne ne me connaît. Je regarde couler l'eau de la fontaine et le soleil faire un arc-en-ciel et me réchauffer la joue. Du plaisir rien que pour moi. Et ce n'était pas fini. Je n'en ferais qu'à ma tête. Je me suis levé sans me presser. Je suis allé m'acheter un paquet de cigarettes américaines, les plus chères. Deux bouffées : j'étais écœuré. Les cigarettes, je les ai jetées. Pas besoin de frimer comme avec Mousse ou Kader. Fumer, c'est vraiment dégueulasse. Plus jamais...

Quand je suis monté dans le bus – lequel ? – je savais que j'irais jusqu'au bout. Calé sur mon siège, j'ai joué le touriste japonais. J'ai vu le Louvre, la grande roue de la place de la Concorde où ils avaient zigouillé Louis XVI et Marie-Antoinette. J'ai remonté les Champs-Elysées jusqu'à l'Arc de triomphe. J'ai grimpé en les comptant les marches de la tour Eiffel jusqu'au premier étage. Rien que du beau pour moi seul, sans mon père, ma mère pour me dire que c'était beau. J'ai revu tous les endroits où on était allés ensemble. J'ai découvert Éole, le métro automatique. Ça, ils ne connaissent pas. J'ai eu faim. MacDo à nouveau dans la bousculade de midi. Un CD neuf au passage à la FNAC. Et la cavalcade de nouveau. Marcher, courir, m'asseoir. Libre ! A 4 heures, je suis sorti du

Grand Rex. Sous les étoiles du plafond, je m'étais endormi. Le générique de fin m'a réveillé. Abruti, sur les Grands Boulevards, je me suis demandé ce que je faisais là. Ma rage avait disparu. La boule, dans mon ventre, me disait que mes parents avaient été prévenus. La CPE le faisait aussitôt qu'on manquait. Maintenant, j'étais recherché. J'ai couru me réfugier dans le métro. Comme un malade, j'ai essayé toutes les interconnexions du RER, me retournant sans arrêt pour repérer si j'étais suivi. Personne n'a jamais fait un voyage aussi fou. Une boussole déréglée pour me retrouver au nord, à l'est, dans des stations inconnues aux noms biscornus : « Houilles-Breuilly, Bruyères-le-Châtel, Petit-Vaux-Cesson… ». J'avais besoin d'air. J'ai pris Orly-Val. J'ai vu décoller les avions, loin, loin, loin. Mais ils ne m'emportaient pas. J'ai voulu appeler mes parents pour les rassurer. Parce que je pensais à eux. D'accord, j'avais raison mais j'avais peut-être forcé la dose… Je me suis approché d'un point-phone. A la dernière seconde, je me suis repris. Non. Même s'ils étaient inquiets maintenant, ils ne m'avaient pas cru avant. Impardonnable. Mais je me retrouvais vraiment tout seul, sans soutien.

Je me suis mis à mendier de l'aide comme je pouvais. Si quelqu'un me souriait, par hasard, dans le métro, le RER, la rue, ça me redonnait courage. Une miette. Mais de miette en miette, je me suis tout de même retrouvé dans les W.-C. des Galeries Lafayette où j'ai pu pleurer sans être vu.

Si j'avais eu un frère, une sœur, un vrai copain, je serais aller chercher du secours. Sarah, la seule sur qui je pouvais compter, ne répondait toujours pas. Et toute ma famille était demeurée là-bas, « chez-nous ». J'y allais ; ils me réexpédiaient dare-dare. J'en étais certain. Il ne me restait qu'à me débarbouiller et à me débrouiller tout seul dans Paris, vidé petit à petit, sans intérêt, dans la nuit qui tombait. Tout devenait moche et j'étais de plus en plus repérable. J'ai imaginé qu'à la Grande Arche, je pourrais me glisser et me perdre dans la foule. Je me suis perdu dans un désert de terreur. La prochaine rédaction sur une situation de cauchemar, je ne serais pas en panne sèche. Pas plus que pour le schéma narratif. Situation initiale ? Je ne suis pas qu'un peu mal. Obstacles ? Tout. Aide ? Nulle. Péripéties ? Courir, courir et courir. Situation finale ? Je ne suis pas qu'un peu mal. Du côté de la galerie marchande, des bandes arrivent. Des grands à casquette qui louchent sur mon walkman. Ils ont des chiens avec eux et méchants. Les hommes de la Sécurité jouent les durs et leurs chiens ont des muselières à peine attachées. Tout le monde parle en hurlant plus fort encore que les baffles intégrés à leurs Boosters qu'ils portent sur l'épaule en se dandinant. Je ne comprends rien à ce qui se dit. Je me fais petit, petit, petit et je m'enfuis.

Sur la dalle, je vois des petits groupes échanger des petits paquets. Du shit, quoi.

Et j'ai pris le métro à toutes jambes fatiguées. Je n'en peux plus. Il est 10 heures. Les quais sont vides. Les clochards me font peur. Mais je ne rentrerai pas. Je serre mon sac contre moi pour me protéger. Tout le monde m'ignore. J'ai besoin d'aide. Au secours ! Je le hurle dans ma tête, pour moi tout seul.

Comment je me suis retrouvé à Levallois-Perret ? Le souvenir d'une émission à la télé. Ils montraient des caméras dans tous les coins. Tout était surveillé. Alors on me verrait. Mais ils mentent, à la télé, ou alors les surveillants se sont endormis. Les rues sont toutes droites, se coupent à angle droit. Pas un chat. Je marche en cherchant les caméras. Je veux être vu, absolument. Je regarde bien droit les objectifs que je repère. Je zigzague pour attirer l'attention. Pas un vigile à l'horizon. C'est mort. Mortel. Même une voiture de police, en patrouille, ne me remarque pas. Nuls. Ils sont nuls. Qu'est-ce qu'il faut donc que je fasse pour qu'ils me ramassent ? Que je... ? Pas le temps d'imaginer. Sur le trottoir, devant moi, une bande de quatre-cinq grands, immenses, terribles, s'avance pour me piquer mon sac, me faire les poches et mes Nike. J'en suis certain. Je traverse. Ils traversent. C'est vrai que la peur donne des ailes. Demi-tour. Je fonce, je galope, je trace : tous les synonymes qu'on veut pour me débarrasser d'eux qui me collent aux fesses. Ils gueulent. Je dois m'arrêter ou ils me font la peau. Mais ma peau, j'y tiens trop. Eux, se découragent. Ou alors je cours trop vite. Et quand je m'arrête, à bout de souffle, je suis à côté d'un bois, d'une forêt : je ne sais pas. Je m'assois contre une porte. J'ai faim, j'ai soif, je suffoque. Je vais mourir. Je ne veux pas. Je pense à maman, à papa. S'ils étaient là, je serais dans leurs bras. Je veux les revoir avant de disparaître. Mais on ne meurt pas si facilement. Cinq, dix minutes plus tard, je suis toujours bien vivant. Je me relève. Ma décision est prise.

Je rentre dans la première cabine téléphonique que je trouve. Je fais le 17, la police. Je murmure quand ils veulent bien me répondre :

– Vous savez, celui que vous recherchez, c'est moi.

Ils me posent des questions. Mais je ne sais pas où je suis. Juste une cabine téléphonique.

– Tu peux nous donner le numéro ?

Je peux.

– Attends-nous là. Ne bouge pas.

Comme si j'avais l'intention, la possibilité de bouger. Je regarde ma montre. 11 heures. Je me recroqueville par terre, dans la cabine. Je me fiche de ce qui peut arriver.

La voiture de police ? Je ne l'ai pas entendue.

– Ben mon bonhomme, tu es dans un drôle d'état ! m'a dit la policière quand j'ai été installé sur la banquette arrière.

Je me suis retenu de me jeter dans ses bras. Mais j'avais envie, tellement envie.

Le reste ? Quelques souvenirs d'un commissariat tout illuminé et silencieux. Des photos aux murs de gens recherchés. Même des enfants. Une salle, au premier étage où on m'a fait manger. Un policier à moustaches m'a offert la moitié de son sandwich plein de bonne mayonnaise. Avant, il m'avait interrogé. Nom, adresse, téléphone. Il prévenait mes parents. Mais il voulait en savoir davantage. J'ai dit tout le mal que je pensais de la CPE et de Mme Crépon. Elles ne m'avaient pas fait d'excuses.

– Et tes parents ?

– Ils sont gentils. Mais là, ils ne me croient pas.

Il a fait la grimace, m'a parlé des fugues. Ce n'était pas une solution. Il m'a fait la morale gentiment. Il n'a pas pu s'empêcher de me dire qu'il fallait parler à mes parents. Qu'est-ce que j'avais fait d'autre ?

J'ai pensé à mon père qui arrivait et à la volée que j'allais recevoir.

Rien du tout.

Devant le comptoir du commissariat, mon père m'a regardé. Il m'a passé la main sur la joue. Une caresse. Pas un mot. Ma mère m'a embrassé et pris mon sac à dos.

J'ai entendu le policier chuchoter à mon père :
– Il a des problèmes avec le collège. Faut peut-être surveiller, prendre rendez-vous...

Et puis quelques pas, dehors, en titubant, accroché au bras de maman, jusqu'à la voiture. Pas une question. Pas un reproche. Pas une phrase. Ou peut-être que si. Je m'étais endormi.

Chapitre 12

Mousse, Kader et Jean-Marie sont venus aux nouvelles. Depuis deux jours qu'ils téléphonent, mes parents – qui ont pris des congés exceptionnels – font barrage, disent que je suis malade, que je ne peux pas répondre.

Mon père les reçoit sèchement, m'empêche de leur parler seul à seul. Ils m'ont vu, je les ai vus, salut. Ils iront dire au collège que je n'ai pas plus l'air malade que ça. C'est vrai. Je m'obstine. Mes parents s'obstinent.

– Mais il va bien falloir que tu retournes au collège !

– Non. Pas tant que Mme Crépon et la CPE ne m'auront pas fait d'excuses.

– Mais tu te prends pour qui ? Sa Majesté veut qu'on lui lèche les pieds ?

– Je ne suis pas une Majesté. On m'a torturé pendant trois heures et je devrais dire merci de m'en être bien tiré ? Pas question. Julie, Yasmina, c'est sûr, elles ont monté toute la classe contre moi, maintenant.

– Tu te fais des idées, Antoine.

– Peut-être, mais elles sont vraies. C'est pas vous qui savez comment ça marche à Jacques-Prévert.

Mon père claque la porte, va faire un tour. Ma mère tente l'apaisement.

– Écoute, Antoine. Mets-y du tien ! Après ta fugue, on ne t'a rien dit. Tu ne t'es pas fait engueuler. On pense, ton père et moi, qu'on aurait dû te croire mais c'était tellement énorme, tu comprends ?

– Oui. Je comprends que je n'irai pas.

J'ai vu une larme couler sur la joue de ma mère. Mais j'ai tenu bon.

– Et si on t'accompagne pour clarifier la situation avec Mme Crépon et la CPE ?

– Avec vous, je serai protégé. Mais dès que vous aurez le dos tourné, elles vont m'en faire baver... Les heures de colle, les devoirs supplémentaires vont pleuvoir pour n'importe quoi.

– Arrête, Antoine. C'est quoi ton cinéma catastrophe ?

Deux jours qu'on tourne en rond, moins une demi-journée où j'ai vraiment dormi, abruti. Ma fugue n'a rien changé. Ou plutôt si. Je suis sous surveillance et je n'ai même pas pu parler à

Sarah. Elle est inquiète. Je viens de recevoir sa lettre. Je m'enferme dans ma chambre pour lire. « Mais pourquoi je ne peux pas te parler ? Qu'est-ce qui se passe ? Réponds-moi, je t'en supplie, même le soir, très très tard sur mon portable. Je t'aime. »

J'ai embrassé la lettre. J'ai éclaté en sanglots. Sarah, Sarah, je veux te voir. Après, en vacances, on sera toujours avec les autres. Je veux être avec toi, seul. Il n'y a que toi qui me comprendras.

Elle a compris, la nuit. J'ai attendu que mes parents dorment. J'ai vérifié. J'ai chuchoté sur son portable. Je lui ai tout dit et demandé conseil. Elle m'a dit :

– T'as pas fait ça quand même ?
– Si.
– Et qu'est-ce que tu comptes faire maintenant ?
– Tenir bon. Mais on se verra samedi, dit ?
– Oh oui ! puisqu'on part ensemble aux Éclés.

J'ignore à quelle heure je me suis endormi.

Je me suis réveillé en sursaut. Mon père n'était plus d'humeur à me supplier. Il m'a presque arraché le bras.

– Fini la comédie. Ta place est au collège, que tu le veuilles ou non. Ça ne se discute pas. Tu te prépares et on y va.

Le « on » m'a un peu rassuré. Ma mère était prête. Deux temps, trois mouvements, pas une protestation de ma part – pour cause de papa furibard – et droit vers Jacques-Prévert. Attaque surprise.

Mme Crépon ne nous attendait pas et je ne savais pas où papa voulait en venir. J'ai mis peu de temps à comprendre.

La principale m'a demandé de rejoindre ma classe.

– Non. Il reste là, a décrété mon père. On va faire le point tous ensemble. Est-ce que la CPE peut nous rejoindre aussi ?

Mme Crépon l'a mal pris.

– C'est vous qui dirigez mon établissement ?

Elle n'aurait pas dû chatouiller papa en se défendant. Maman a levé les yeux au ciel. Papa s'est déchaîné.

– Non, je ne dirige pas votre établissement. Mais si c'était le cas, ça ne marcherait pas plus mal...

– Vous osez...

– Oui. J'ose vous demander de m'expliquer vos méthodes et surtout de vous excuser auprès d'Antoine.

Mme Crépon a rougi, s'est crispée, a demandé qu'on sorte immédiatement.

– Pas question ! a hurlé papa.

Et la bataille de chiffonniers a commencé. Tout y est passé. Ma séance de torture, les faux témoignages écrits, les méthodes indignes d'une pédagogie adaptée, le manque total de respect dû aux enfants.

Je me suis collé contre maman. J'étais content que mon père me défende mais j'avais peur de ses hurlements. Comme si c'était lui qu'on avait humilié. Il exigeait encore des excuses qui ne venaient pas quand Mme Crépon a perdu son sang-froid. Elle allait appeler la police…

Papa, lui, tranquillement, a sorti son portable. Il a regardé Mme Crépon.

– Donnant-donnant. Vous appelez la police et moi le chef de cabinet au ministère pour lui parler de vos méthodes. C'est avec lui que je travaille. Vous vous êtes renseigné sur ma profession ?

Pourquoi tout s'est calmé en une fraction de seconde ? C'était quoi le coup du chef de cabinet ? Je n'ai rien compris. D'autant que ma mère s'est mise de la partie. Elle a séché mon père et Mme Crépon.

– Police ? Ministère ? Vous ne voulez pas aussi appeler vos bandes respectives ? Ou régler le problème dans les caves de la cité, si vous préférez. Ça vous gênerait de vous conduire en adultes ? On est ici pour parler des difficultés d'Antoine. Ce n'est pas une cour de récréation. Alors on s'assoit et on parle calmement.

Mme Crépon a posé son téléphone. Mon père a rangé son portable. Ma mère m'a souri gentiment.

– Maintenant tu peux rejoindre ta classe. Mme Crépon, ton père et moi nous avons à parler entre nous. Sois sans inquiétude, mon bonhomme.

C'est toi qui le dis. Vous gagnez le premier round et moi je suis K.-O. au second. Sûr.

Quand je rentre en classe, je suis applaudi par Mousse, Kader et Jean-Marie.

— Ton billet de retard ? me demande Mme Turpin.
Je réponds mal.

— Allez le demander à mes parents. Ils sont dans le bureau de la principale.

Elle n'insiste pas. Je m'assois, pas très fier de moi, préoccupé. C'est vrai que moi non plus je ne sais pas ce qu'il fait exactement, mon père. J'écris toujours « Administrateur civil hors cadre » sur les fiches à remplir. Ça fait bien mais c'est quoi ? Important, en tout cas, pour faire sursauter Mme Crépon. Moins important toutefois que ce que je raconte à Mousse à la récré. Du vrai et du faux. Que la mère Crépon, elle m'a léché les Nike, demandé pardon et la CPE pareil. A genoux. Et puis la fugue, version polar-effets-spéciaux. Quand les flics ont failli me choper, que j'ai sauté d'un toit, rebondi sur une bagnole en stationnement, et le sprint final pour les semer. Comment je me suis fait copain avec toute une bande de rapeurs super-sympas à la Grande Arche. Ce qu'on a mangé ensemble au MacDo et la descente des flics sans qu'on s'y attende. Mains en l'air, fouille au corps et menottes jusqu'au commissariat. Moi, on m'a mis à part à cause de l'âge.

Mousse écoute bouche grande ouverte. Et soudain, il me casse tous mes effets de Superman.

— Alors c'est pour ça que tes parents nous ont

jetés ? Moi, j'étais sûr que tu te cachais, que t'étais au courant du plan de Stéphane parce qu'il s'est fait virer huit jours. Il veut te casser la gueule à la sortie, en envoyant deux débiles de sa bande. Ils en parlent dans la cité. Moi, je te dis ça…

Merci, Mousse. La tremblote à nouveau et fin de mes aventures en Technicolor. J'ai regardé dans la cour, autour de moi. Julie louchait de mon côté, me désignant à deux « cailleras ». Ils rigolaient. Moi pas. Encore moins quand j'ai entr'aperçu mes parents qui me faisaient un signe d'au revoir et me tournaient le dos.

Mme Crépon m'a convoqué dare-dare. J'allais ramasser. Contre pied : tout sucre et tout miel.

– C'est vrai, Antoine, que je te dois des explications. Mon entretien avec tes parents a été très instructif. Ils m'ont tout raconté. Alors maintenant, on peut repartir du bon pied. On efface tout. On se reprend.

J'aime bien le « on ». Genre toi et moi, c'est pareil. Mon œil ! Mais je n'allais pas discuter. Et Mme Crépon, ça la chatouillait d'en savoir davantage sur mon père.

– Mais quand ton père te parle, à la maison, de son travail au ministère, il te dit quoi ? C'est quoi, sa fonction exacte ?

J'ai baissé la tête. Je n'en savais rien. Je venais d'apprendre quelque chose. C'était donc ça

« Administrateur civil » ! Un truc qui avait impressionné Mme Crépon. Elle était toute radoucie.

– Allez, Antoine. Les coupables ont été punis, les malentendus dissipés et tu peux reprendre paisiblement la vie de classe avec tes camarades.

C'est ça. Mes parents ont balancé ma fugue : ça ne la regardait pas. Et pour repartir du bon pied, il faudrait qu'il m'en reste au moins un. Stéphane et sa bande allait m'éclater à la sortie. Je n'osais même pas l'imaginer. Mais je n'imaginais que ça. Et pour enrichir mon imagination débridée, il y avait Mousse et tous les bruits qui ont circulé à la cantine. Un bruit, ce n'est pas grand-chose : juste un 3e qui passe à côté en chuchotant :

– Ta gueule, si elle existe encore à 4 heures, c'est que t'as eu de la chance !

J'avais eu bien raison de ne pas vouloir retourner au collège. Excuses ou pas, ça n'avait plus d'importance. Il fallait d'abord que j'en sorte vivant. J'avais peur et peur de le dire. Je n'ai pas fait exprès d'avoir mal à la tête : j'avais mal à la tête.

Je me suis retrouvé à l'infirmerie. Je me suis cru à l'abri. Folie ! Un des deux débiles de la bande à Stéphane est arrivé en boitant, grimaçant. Un tacle par derrière, au foot. Et pendant que l'infirmière cherchait sa pommade miracle dans son armoire presque vide, il s'est glissé vers moi.

– Un message de la part de Stéphane. C'est ce soir que tu paies... et cher !

Il a repris son visage de supplicié quand l'infirmière l'a pommadé avec des mots de réconfort. Il est parti en courant.

C'est ça, la partie cachée du collège : des coups pourris en veux-tu, en voilà. Et si on le dit, on passe pour un foutu menteur.

J'ai fini l'après-midi planqué à l'infirmerie.

– Tu veux qu'on appelle tes parents ? m'a demandé l'infirmière.

J'ai fait non avec la tête et oui avec le cœur, comme dans la poésie de Prévert que j'avais apprise.

A 4 heures, j'ai traîné. Mousse m'a harponné pour de nouveaux détails.

– Tu rentres avec nous ?

J'ai menti.

– Non. Mes parents viennent me chercher.

Je n'allais quand même pas lui avouer que j'avais peur. Il est parti en haussant les épaules.

– Mais tu es le dernier ! m'a dit Denis, à la sortie. Tu veux faire des heures supplémentaires ?

J'ai souri jaune en passant la porte. Et puis la panique dans la rue. J'étais certain que Stéphane et sa bande allaient me cueillir dans le recoin, passée la boulangerie.

Ni une ni deux, marche arrière. Je me suis

agrippé à la sonnette du collège. Je me suis retrouvé nez à nez avec Mme Crépon, aussi surprise que moi.

– Ben Antoine, qu'est-ce qui se passe ?
– Appelez mes parents, s'il vous plaît… Je vous en supplie.

Elle n'a pas lâché le morceau. Moi, si.
– Alors, je t'accompagne.

La honte. Pas moyen d'y échapper. J'ai marché dans la rue, à côté d'elle essayant de ne pas être vu. Arrivés à la boulangerie, elle a vu que je n'avais pas menti. Deux de la bande à Stéphane fumaient tranquillement, en m'attendant. Ils ont jeté leur cigarette en voyant Mme Crépon. Ils ont détalé. Elle m'a regardé.

– Je t'accompagne plus loin ?
– Non, plus besoin.
– Demain, je m'occupe d'eux. Mais toi, Antoine, tiens bon les trois jours qui viennent. Après, c'est les vacances et tout se calmera.

Elle croyait aux miracles. Stéphane, il me choperait quand il voudrait.

Dans ma rue, j'ai couru. Sarah, au téléphone, m'a secouru. Elle m'a redonné le goût des vacances. Ce serait bien. Quinze jours pour nous, à discuter même dans la nuit.

– Alors ? m'ont demandé mes parents, en rentrant. Comment ça s'est passé après notre départ ?

– Bien, j'ai dit.

Ils ont souri, croyant l'affaire finie. Elle a rebondi, au dîner. Une sonnerie de téléphone. Mon père est revenu en secouant la tête, accablé.

– C'était Mme Crépon... (Il m'a regardé en ayant l'air de me plaindre. Il a réfléchi et c'est sorti)... Antoine, je viens te chercher à la sortie, tous les soirs, jusqu'aux vacances. Je crois que la principale a raison.

J'aurais pu dire « merci, Mme Crépon ». Je l'ai seulement pensé et j'ai fini de manger dans un silence de plomb.

Chapitre 13

J'ai retrouvé Sarah au wagon-bar du TGV qui filait vers les Alpes, le ski et les vacances de Pâques. J'avais les mains moites, le ventre en marmelade, les joues rouges et des frissons dans tout le corps mais j'étais vraiment heureux. Elle aussi. Elle me l'a dit. Elle se serait tue, je l'aurais lu dans ses yeux, verts. Et on est restés, le front à la vitre, sans un mot, épaule contre épaule, à boire un Coca. Ce qu'elle pensait ? Je n'en sais rien. Ce que je pensais ? Je me le suis dit à moi-même. Rien ni personne ne me gâcherait mes vacances avec les Éclés. J'étais avec Sarah et j'en oubliais les derniers jours atroces au collège. Plus de menaces qui m'arrivaient par boulettes inter-posées, plus cette peur toute la journée pour savoir si mon père m'attendrait bien à la sortie. Plus rien que le bonheur d'être libre, loin de la maison, des questions, des coups de téléphone de mes parents, en cachette, pour prévenir Coyote de me surveiller à distance pendant le camp. Mes parents, ils imaginent toujours le pire. Le meilleur, on dirait qu'ils l'ignorent. Il faut sans cesse qu'il m'arrive quelque chose. Oui, j'avais fugué mais où je pourrais bien aller, mes skis aux pieds ? Et je n'avais l'intention d'aller nulle part puisque j'étais avec Sarah.

– A quoi tu penses ? elle m'a interrogé après trop de silence.

J'ai dit la vérité. Marre du collège, des ordres, des contrordres, des coups de pute des débiles de ma classe, de l'espionnite de mes parents, de leurs recommandations... et que les vacances, j'allais en profiter avec elle, rien qu'avec elle. Je l'ai vue rougir. Davantage encore quand j'ai insisté.

– Avec toi, je suis bien parce que je sais que même sans se parler, on se comprend.

Je l'ai chuchoté à toute vitesse, absolument certain que tout le wagon-bar m'entendait. Et pour commencer à rester seul avec Sarah, je l'ai aussitôt entraînée vers les autres, dans notre coin-salon réservé aux Éclés. Les sourires en coin, je les ai vus. Coyote nous attendait pour des nouvelles réjouissantes qu'on connaissait déjà. On prenait des vacances chez les autres. Pas de tentes à monter, de courses à faire, rien. Juste à se tourner les pouces dans un immense chalet – avec piscine, s'il vous plaît –, repas servis. Cours de ski assurés.

Juste à faire son lit et respecter les règles de vie du Centre. Facile, en théorie.

Pratique plus périlleuse, dès l'arrivée sous le soleil, au beau milieu des pistes. Je saute les trois marches du perron et je fonce droit dans le hall, trop curieux de voir notre hôtel 4 étoiles. Une voix cinglante m'arrête.

– Espèce d'imbécile... Regarde derrière toi !

Je me retourne.

– Et tes chaussons, alors ? Les chaussons, c'est obligatoire ! Tu n'as pas lu le règlement ? Si tout le monde faisait comme toi...

Ah non ! Ça ne va pas recommencer ! Je regarde donc derrière moi et je peux admirer les traces laissées par mes après-ski sur le parquet tout vitrifié. Coyote fait la gueule. Le groupe rigole en se déchaussant. Moi, j'explose.

– Merde ! J'arrive et je me fais engueuler. Je l'ai pas fait exprès. Et puis vos chaussons, vous pouvez vous les...

Je ne finis pas ma phrase. Sarah s'avance avec ses après-ski, aussi. Le directeur va ouvrir sa boîte à insultes. Sarah le devance poliment.

– On va essuyer, ne vous inquiétez pas. Dites-nous seulement où sont les serpillières... Viens, Antoine, on va réparer.

Le directeur lui sourit, désigne un local du doigt. Sarah m'entraîne.

A voix basse, elle me balance mes quatre vérités.

– Tu as vu comment tu réagis ? T'es prêt à mordre à la plus petite remarque. Tu pars au quart de tour et tu te mets tout le monde à dos. Laisse tomber.

Elle dit la même chose que mes parents. Mais elle, ses paroles me calment. Pourquoi ? Elle me fait retrouver ma bonne humeur. J'essuie par terre sans grogner, sans rouspéter. C'est quoi, son secret ?

Maxime, avec qui je partage ma chambre, trouve que Sarah m'accapare un peu trop et qu'on n'a même pas eu le temps de discuter depuis le départ.

– C'est parce que tu es jaloux, c'est tout.

Il ne dit pas « non ». Mais il dit « oui » aux premiers jours de ski, aux cours de surf, aux gamelles sur les pistes noires, aux balades au village avec Sarah, ça va de soi.

– Tu as changé, mon garçon, m'a dit mon père au téléphone. On dirait que les vacances te font du bien.

Je ne rouspète même pas pour la forme. Je suis content de l'entendre et heureux tout court. Heureux de tout, obéissant, dans les rails, sans broncher. Je parviens même à suivre les traces du moniteur de ski sans aller tout seul dans le hors-piste. Je sais qu'à la moindre remarque, au premier début d'aboiement que je vais pousser, les yeux de Sarah vont me faire rentrer ma fureur, toujours là, prête à l'emploi, rengainée, muselée, presque apaisée.

Et quand je me mets enfin à hurler, au bout de cinq jours, c'est de douleur. Impossible de me relever, de poser le pied par terre. Branle-bas de combat. Je crache tous les gros mots que je connais dans l'ambulance qui me conduit à l'hôpital. Urgences. Radio. Chirurgien qui m'explique qu'avec les nouvelles chaussures de ski, une entorse de la cheville, c'est quasiment impossible.

– Mais je n'avais pas de chaussures ! j'arrive à bafouiller.

Il me regarde, inquiet.

– Non. J'ai glissé du bord de la piscine.

Et ça le fait rire. Moi aussi, dès que je n'ai plus mal et qu'il m'a bandé le pied d'un strap élastique, bien serré mais pas trop.

Les consignes sont strictes. Cannes anglaises et interdiction formelle de m'appuyer sur mon pied pendant trois semaines.

Coyote, sans méchanceté, a tout de même balancé un malheureux :

– Et, évidemment, il fallait que ça tombe sur toi !

Sarah n'a pas eu le temps d'intervenir, j'avais déjà mordu.

– Parce que d'après toi, si j'ai une entorse, c'est de ma faute ! Je suis peut-être tombé exprès ! J'ai eu mal exprès. Je bousille mes vacances exprès. Si c'est ça que tu veux dire, va te faire voir !

– Antoine…

Sarah s'est interposée.

– S'il faut quelqu'un du groupe pour rester avec lui… moi, ça ne me gêne pas. D'ailleurs, le ski…

Coyote a réfléchi. Une peau de banane en guise de réponse.

– On peut aussi envisager qu'Antoine rentre à Paris ; ce qui me paraît la meilleure solution.

J'ai vu le visage de Sarah blêmir, se crisper. Elle allait lui rentrer dans le lard. Elle s'est abstenue, serrant les dents.

– Antoine reste. Maxime l'aidera dans sa chambre. Moi, je passerai les cinq jours qui viennent avec lui, s'il le faut. On décidera qui fait quoi au conseil d'équipage.

– Et les parents d'Antoine, a fait remarquer Coyote sans y toucher, ils ont peut-être leur mot à dire ?

– J'en fais mon affaire ! j'ai répondu.

Expédiée, en cinq minutes au téléphone. Oui, j'allais bien… Non, je ne voulais pas rentrer… Non, ça ne dérangeait personne… J'étais très bien avec mes copains. Ils voulaient tous m'aider…

Mon père n'a pas insisté. J'ai vite compris que

ça le rassurait que je sois entouré. Coyote, c'était pour lui le surveillant idéal pour fugueur mineur. Et le soir, après le grand conseil, j'avais gagné une garde-malade en dépit de quelques plaisanteries douteuses des jumeaux qui louchaient sur Sarah de leurs quatre-z-yeux depuis très longtemps.

Au tout début, les cannes anglaises rouge vif, c'est impressionnant. Ça fait peur. Une heure après, c'est comme si on en avait toujours eues. Au repas du soir, Sarah m'a avancé ma chaise, me faisant un clin d'œil.

Le lendemain, j'ai visité le chalet du sol au plafond. Et j'ai commencé à m'ennuyer ferme. La neige, les sapins, les glaciers à contempler de ma fenêtre, c'est beau... cinq minutes. A midi, j'ai sauté le déjeuner ; tous les autres mangeaient sur les pistes. Allongé sur mon lit, même avec walkman intégré aux oreilles, c'était la désespérance. Je me suis forcé à faire un tour vers la salle de télé. Déserte. Je suis reparti vers ma chambre. Et, sans comprendre, une marée de larmes est montée. J'avais besoin de ma mère, de quelqu'un qui me comprenne, me console, qui me dise que ça passerait. Pas les quelques mots de réconfort de Coyote.

– Allez, ce n'est rien !

Si. C'était quelque chose. Et tous les pleurs retenus de ma fugue, de mes peurs, des engueulades mal digérées du collège, les menaces, les coups sans blessures se sont donné rendez-vous sur mon duvet imprégné de l'odeur de la maison. J'étais heureux de pouvoir m'en débarrasser sans témoin, au son d'un rap qui me crevait les tympans. J'aurais tant voulu qu'une main caresse mes cheveux, ma nuque... Et quand c'est arrivé, j'ai fait semblant de ne pas comprendre. Quelqu'un s'était assis sur mon lit et, d'une main, caressait mes cheveux, ma nuque. Du pur bonheur qui faisait naître davantage de larmes. Sarah était rentrée sans que je l'entende. Et elle laissait aller ses mains dans mes cheveux. Puis elle a ôté mes écouteurs. Je me suis retourné et j'ai pu la regarder à travers mes larmes. Ses lèvres se sont posées sur le miennes.

Un goût de sel. Un long long baiser d'amour vrai. J'ai serré Sarah dans mes bras, fort, fort. Et puis j'ai sursauté. J'ai vu la porte ouverte. Quelqu'un pouvait nous voir. J'ai repoussé Sarah qui n'a pas compris. Je lui ai chuchoté « la porte ». Elle a haussé les épaules ; mais j'avais peur, trop peur pour qu'on reste là. J'ai voulu me sauver et je me suis étalé. J'avais oublié ma cheville. Sarah a éclaté de rire. Doucement, elle m'a aidé à me relever. Elle m'a passé mes cannes. Dans le couloir, allant partout et nulle part, Sarah m'a demandé :

– Alors, tu n'es plus triste ?

Je lui ai souri comme je n'ai jamais souri à personne. Elle m'a souri en retour, me serrant le bras de sa main, m'empêchant d'avancer. Et j'ai ri de bon cœur sans lui poser la question qui me tracassait. Comment avait-elle abandonné le groupe pour venir me rejoindre ? Tant pis. Je ne savais pas comment mais je savais pourquoi. C'était suffisant.

Cinq jours sans personne d'autre au monde que Sarah. J'y pensais le jour, la nuit. Je pensais à mes imbéciles de copains du collège quand ils parlaient des filles et des baisers. Toujours à se vanter, avec des expressions vulgaires, impossibles à répéter. C'étaient des menteurs. Ils n'avaient jamais embrassé personne. Ils auraient bien aimé.

Sarah et moi, on s'embrassait en cachette et plus on s'embrassait plus on avait envie de s'embrasser.

– Tu as encore les pieds sur terre ? m'a demandé Maxime. On te parle, tu ne réponds pas. Qu'est-ce qui t'arrive ?

J'ai gardé mon secret que tout le monde avait deviné. Même Coyote. Il nous a pris à part, Sarah et moi. Un petit coup de morale. Que ça la fichait mal pour les autres qu'on ne se lâche pas, elle et moi. Qu'on ne participait plus à rien. Et que les Éclés, ce n'était pas une agence matrimoniale. Qu'on devait donner l'exemple...

Ça m'a énervé. J'en ai rajouté. Un baiser par ci, un baiser par là.

Mais ce que Coyote ne devinait pas, c'était ma tristesse qui grandissait, énorme.

– Et au retour, on se reverra ? j'interrogeais Sarah.

– Ne t'inquiète pas !

C'est ce qu'on dit. Moi, je voyais les heures qui me rapprochaient du collège, des devoirs que je n'avais pas faits, des coups tordus qui se préparaient et tout ce qui m'éloignait de Sarah.

– Tu es vraiment le roi de la catastrophe, m'a dit Sarah. Je serai là... on se téléphonera... on se reverra.

Non. J'étais certain que j'allais la perdre et je ne voulais pas.

Dans le train du retour, malgré les yeux méchants de Coyote, je me suis accroché à Sarah. Main dans la main.

Sur le quai, mes parents m'ont happé, emporté, enlevé. J'ai tourné la tête pour voir Sarah, une dernière fois. Elle m'a fait un tout petit signe… J'avais une entorse, j'ai gagné un torticolis.

– Alors, ces vacances ? m'a demandé ma mère.

Je n'ai pas desserré les dents.

– Toujours aussi charmant ! a commenté mon père.

Mes dix jours de bonheur venaient de se casser et il aurait fallu des remerciements ! Je me suis sauvé, dans ma tête, ailleurs, avec Sarah, rien qu'avec Sarah. Mes parents ne le savaient pas.

Chapitre 14

Mes cannes anglaises rouge vif ne m'ont protégé que quelques minutes, à la rentrée des vacances. Mousse m'est tombé dessus, plein d'interrogations dans les yeux. J'ai dû mentir. J'ai raconté un vol plané – double saut périlleux avant – au dessus d'une bosse sur la piste olympique, évidemment. Je m'en étais bien tiré. J'aurais pu me fracasser le crâne, le bassin... J'en rajoutais pour ne pas avouer une minuscule glissade à la piscine et ma cheville qui avait heurté le bord.

Les profs ont poliment pris de mes nouvelles. Mme Turpin y est même allée, finement, d'un encouragement :

– Au moins, ça ne t'empêchera pas d'écrire.

– De toute façon, il écrit comme un pied, ça ne changera rien ! a fait une voix qui a déclenché les hostilités.

C'était reparti. Les vacances n'avaient pas enterré

la hache de guerre. Comme j'étais le seul à être parti à la montagne alors que tous les autres s'étaient traînés entre le Monoprix et la cité, ils avaient eu largement le temps de préparer l'attaque. A moins qu'ils aient improvisé.

– De toute façon, il n'y a que les riches qui peuvent se payer des vacances à la neige…

Mme Turpin, toute bronzée, a pris ma défense, se sentant visée.

– Je vous interdis de proférer de telles inepties ! (c'était son nouveau mot). Il existe tout un tas d'organismes qui, pour trois fois rien, s'occupent des jeunes. La MJC propose des stages, j'ai entendu dire, et vos parents peuvent même demander des bons-vacances à la Caisse d'Allocations familiales.

– Vous avez pu en gratter ? a demandé Farid.

Mme Turpin est devenue pivoine étouffée. Elle a pris sa propre défense, m'oubliant tout à fait.

– Parce que vous vous imaginez peut-être que les profs, ça gagne des fortunes ? Vous rêvez. On fait un métier difficile et certainement pas pour de l'argent.

– Si c'est si difficile pourquoi vous en faites pas un autre ?

Qui disait quoi ? Impossible de le savoir. Un brouhaha monstre où j'étais désigné comme celui qui avait de la thune ; il n'y avait pas à discuter. Suffisait de demander à Mousse, Kader,

Jean-Marie : ils étaient venus chez moi. Ils ont piqué du nez. Les vacances leur avaient fait changer de bord. J'ai prévenu que le premier qui s'approchait de moi se mangeait une béquille dans la gueule. Mais c'est Mme Turpin qui a tapé la première, sur son bureau, en hurlant « silence » et en hurlant en silence tant elle s'était fait mal à la main.

Elle n'aurait jamais pu revenir au cours d'anglais sans une ruse qui nous a mouchés.

– Si c'est ça le visage de la classe que vous voulez donner à la remplaçante de Mme Desjoyaux, je ne vous félicite pas !

Silence immédiat. Regards incrédules. Rien n'avait filtré. Et l'heure est vite passée dans une série d'hypothèses passées sous papiers envoyés et renvoyés. « Maladie ? Grave ! Elle va peut-être mourir. Un cancer ? Peut-être ses enfants ? Non, elle est enceinte. C'est ça. Ou alors son mari ? Ou sa mère... »

A chacun sa vérité. A tous la remplaçante qui a fait son entrée remarquée et remarquable l'heure suivante.

Quelques sifflets admiratifs jusqu'au « ma sœur, elle a le même âge ! » décrété par Samir « mais elle est nettement plus moche. Là, faut dire... ! » Et il en est resté muet. C'est vrai qu'elle était jolie, Mlle Bourdieu comme elle l'a écrit au tableau. Elle avait l'air douce, perdue. Elle m'a lancé un sourire en voyant mes cannes. Elle est redevenue professeur sérieuse bien cachée derrière son bureau, sur l'estrade.

Appel des noms et première erreur.

– Qu'est-ce que tu racontes de si drôle à ton voisin, elle a demandé à Oumar. Fais-en profiter les autres, ne sois pas égoïste.

Oumar s'est levé. Un grand regard circulaire. Vous en aurez pour votre pognon. Il a pris sa respiration.

– Je lui racontais l'histoire d'une classe de muets qui faisaient trop de bruit. Et le professeur se lève en colère et leur crie « Taisez-vous ou je vous attache les mains ! ».

C'est vache de se moquer des infirmes. Mais là, je n'ai pas pu m'empêcher de rire. C'est parti pour un tour de bordel noir – que les profs appellent « classe agitée » dans les comptes rendus des conseils. Chacun ses mots. Et Oumar s'en est pris un sur son carnet de liaison. Il s'en fiche, c'est lui qui signe.

Mlle Bourdieu l'a piégé et nous aussi, sans crier.

– Dis, Oumar, tu sais ce que ça veut dire Oumar ? Et vos prénoms, vous savez d'où ils viennent ?

On s'est tous regardés, étonnés. Oumar a répondu mitrailleuse.

– Oumar, c'est Omar, un des lieutenants de Mahomet. Tout le monde sait ça…

– Moi, Abdelkader, c'est le serviteur de Dieu, le vrai.

– Vous en savez des choses, a dit Mlle Bourdieu. Pourquoi vous jouez donc les imbéciles ?

Elle nous a bluffés. Et, en suivant le registre d'appel, pour nous connaître aussi, elle nous a fait un cours sur les étymologies des prénoms et des noms. Quand elle ne savait pas, elle nous a demandé de voir avec nos parents.

Il a fallu que ça tombe sur moi.

– Le plus simple, en français, c'est Antoine, par exemple. Blancpain, on voit tout de suite l'origine. C'est celui qui fait ou vend du pain blanc.

Elle s'en prenait à mon nom. De quel droit ? J'ai bondi.

– Mais c'est pas ça du tout ! j'ai répondu dans un silence total, inhabituel. Blancpain, c'est d'origine juive. Mon grand-père s'appelait Weissbrot. Alors pourquoi vous dites que Blancpain c'est typiquement français puisque c'est juif et polonais ? Blancpain, c'est juste la traduction de Weissbrot.

Mlle Bourdieu a voulu répondre mais c'était déjà la guerre de religions dans la classe. Du dégueulasse raciste qui me faisait mal.

– On comprend mieux maintenant pourquoi t'as de la thune. Et puis vous, les juifs, vous tuez les Arabes. Les Palestiniens, même les gosses, vous les butez en Israël. D'ailleurs, c'est pas chez vous. Mais on vous niquera tous !

« On », c'était Farid, tout seul, qui s'est approché de moi, son cutter à la main. Je l'ai tenu à distance avec mes béquilles et ma rage. Mlle Bourdieu s'est vite interposée. Les autres se sont précipités à mon secours pour sortir Farid de la classe. Il me gueulait toujours « Sale juif ! Sale juif ! Je t'aurai ! ».

La sonnerie de la récré a sauvé Mlle Bourdieu. Moi, elle me laissait dans la classe avec mes béquilles et une rage à faire exploser le collège. Mousse – délégué de classe – est resté avec moi, règlement intérieur oblige.

– Tu sais, moi, les juifs… j'ai rien contre. Je suis musulman. Toi tu crois dans un autre Dieu mais c'est pas une raison…

– Mais je ne crois pas en Dieu, j'ai répondu. Les juifs, on n'est pas obligés de croire en Dieu.

Il m'a regardé sans comprendre, inquiet de ce que j'allais faire.

– Tu vas lui casser la gueule ?

J'aurais bien aimé mais il était plus fort que moi et mes cannes anglaises me gênaient vraiment. Mais j'avais déjà réfléchi.

– Non. J'ai mieux. Laisse-moi.

J'ai sorti une feuille de mon classeur et j'ai écrit.

Mousse a regardé par-dessus mon épaule. Quand il a lu, il a signé.

– Donnez-moi ce papier qui circule ! a ordonné M. Cerisaie, le prof de maths, qui n'élève jamais la voix, ne menace jamais, ne fait jamais de chantage et qui note juste. Normal, quoi.

– Non, j'ai dit. Ça ne vous regarde pas.

Il a élevé la voix, m'a menacé, fait du chantage et pris le papier où je comptais les signatures. Normal, quoi.

En route pour le bureau de la principale. Dès qu'elle m'a vu, elle a levé les yeux au ciel. Et quand elle a lu, elle s'est mise à soupirer en secouant la tête.

– C'est toi qui as écrit ça ?
– Oui.
– Tu sais que c'est interdit ?
– Non. Mais je sais que les insultes racistes, ça c'est interdit.
– Va attendre en permanence. J'appelle ton père.

Elle pouvait appeler qui elle voulait, je savais que j'avais raison. J'ai posé ma tête dans mes bras. J'ai pensé à Sarah. Ma lettre, elle l'aurait signée. Cinq de la classe l'avaient déjà fait. Des musulmans, des je-ne-sais-pas-quoi…, d'autres aussi. D'ailleurs, la religion, c'était sans intérêt pour des propos racistes.

– Vous comprenez, disait Mme Crépon à mon

père quand je suis rentré dans le bureau, je ne peux pas faire d'exception pour votre fils.

Mon père, Mme Crépon, elle lui donne des boutons. La réciproque est vraie, aurait dit M. Cerisaie. Et les décibels sont montés brutalement. Question racisme et antisémitisme, mon père, il ne faut pas le chercher.

– Vous voulez dire qu'Antoine va se faire renvoyer une demi-journée pour s'être fait traiter de « sale juif » ? Vous auriez dû le féliciter de ne pas avoir balancé ses béquilles à la tête du petit crétin qui l'a insulté… Je passe. Il rédige une pétition, ce qui me paraît plutôt intelligent, et vous m'appelez…

– Oui. Parce qu'il a enfreint le règlement. Il fait lui-même de la discrimination en demandant l'exclusion d'un de ses camarades. Ce n'est pas à lui de prendre ma place ! C'est au chef d'établissement de décider des sanctions.

J'ai pensé que mon père allait exploser. Non. Il m'a regardé, désarçonné, cherchant un appui. Ce qu'il venait d'entendre était tellement bête qu'il n'en croyait pas ses oreilles, ni ses yeux quand Mme Crépon lui a tendu la lettre de renvoi. C'était marqué noir sur blanc que je prenais la place de chef d'établissement. Vrai de vrai, je le jure. Suffit de demander à mon père.

– Donnez-moi un stylo, il a dit, glacial, avant

que je déchire cette imbécillité. La plus énorme qu'il m'a été donné de lire dans ma vie.

Mme Crépon s'est précipitée. Mon père a signé. Mme Crépon a soufflé. Mon père a réembrayé.

– Si je comprends bien, l'agressé se fait virer et l'agresseur...

– Il a été renvoyé une demi-journée aussi. Vous l'avez croisé avec son père en entrant dans mon bureau.

– Vous osez mettre sur le même plan des propos antisémites et une pétition qui circule ! a poursuivi mon père dans une discussion inutile.

Je l'ai supplié du regard. Rien à faire.

– Le grand-père d'Antoine, mon père pour être précis, réchappe par miracle des camps de concentration, Antoine se fait traiter de « sale juif » et c'est lui qu'on punit ! Je crois que j'ai confié mon fils à des fous furieux...

Il s'est arrêté net dans sa tirade. Il m'a regardé avec tendresse.

– Viens, Antoine. Tu as parfaitement agi. Tu as eu mille fois raison. On va aller en discuter au restaurant. Madame la principale t'offre une demi-journée de vacances bien méritées.

Il a claqué la porte.

J'aime quand mon père raconte ce qu'il faisait à mon âge.

– Moi, j'ai réagi plus brutalement, Antoine. Ça

m'est arrivé aussi. Aussitôt le « sale juif » parti, j'ai chopé le type, deux fois plus grand que moi. Mais j'étais tellement blessé… Je l'ai pris par les cheveux, allongé par terre et j'ai commencé à lui fracasser le crâne sur le sol. Et je comptais les fois. Il pissait le sang. Il a fallu qu'ils se mettent à cinq pour me faire lâcher prise. J'ai pris quatre heures de colle. Ton grand-père m'a félicité comme je te félicite.

Il s'est tu d'un coup, perdu dans son passé. Puis il s'est mis à raconter grand-père, la police qui l'a raflé, les camps de concentration, le nazis, les antisémites…

– Mais pourquoi grand-père, il a changé de nom ?

– Pour me protéger, pour ne pas qu'on me traite de « sale juif » et toi non plus…

– Ça n'a servi à rien, alors ?

– Non, m'a dit mon père. Ce n'est pas parce qu'on change de nom qu'on cesse d'être juif, arabe ou tout ce que tu veux.

– Alors qu'est-ce qu'il faut faire ?

– Continuer à se battre contre tous les racismes. Et toi, tu es sur la bonne voie.

Je l'ai vu me quitter une nouvelle fois, réfléchir en secouant la tête puis me regarder droit dans les yeux.

– Et si je faisais des démarches pour qu'on reprenne notre vrai nom ? Si je redevenais Weissbrot et toi aussi, qu'est-ce que tu en penserais ?

Oui, l'idée me plaisait. Ne pas avoir à se cacher. Mon père m'a embrassé. J'étais fier qu'il soit mon père.

Chapitre 15

Ça y est, je suis remis sur pieds. Je galope, mais pas pour le collège. C'est Sarah que je cours rejoindre. Mes parents n'y voient pas de mal. Ils m'ont demandé pourquoi je ne l'invitais pas à la maison. J'ai haussé les épaules. J'ai pensé que mes affaires, c'était mes affaires. Je n'avais pas besoin de surveillance, même derrière la porte de ma chambre fermée à clé. J'aimais mieux main dans la main et baisers échangés dans les rues, au ciné, n'importe où... mais seuls. Mes parents n'ont pas insisté. En revanche, ils m'ont cloué dans un fauteuil du salon pour une grande explication. Maman, porte-parole.

– Écoute, Antoine, tu es un vrai paratonnerre. Le premier coup, au collège ou ailleurs, c'est pour toi. D'accord, tes copains, on ne peut pas dire qu'ils te facilitent la vie, l'administration n'est pas brillante, et toi, tu ne sais pas te protéger. Mais tu peux très bien vivre, les côtoyer sans que ce soit toujours la bagarre. Évite-les. Vis ta vie, la tienne. Tu bosses, tu te mets en retrait et tu finis tranquillement ton année. Qu'est-ce que tu en penses ?

– Que vous y êtes pas, au collège. Je ramasse, c'est vrai, mais je ne comprends pas pourquoi. Les profs, ils m'en veulent. J'ouvre la bouche, ça devient une insolence alors que je dis seulement la vérité.

– Est-ce que tu ne peux pas te taire alors ? On n'en peut plus, ton père et moi, de faire la navette, d'écrire des lettres, de voir tes profs. Ils ne t'en veulent pas spécialement. Ils font ce qu'ils peuvent dans une classe à problèmes. Ils ont en face d'eux une meute d'agités. Tu crois que c'est facile d'enseigner à des gosses qui hurlent, se battent, règlent leurs compte en classe ? Tu n'es peut-être pas comme eux et c'est tant mieux. Alors prends tes distances. Fais au moins preuve d'intelligence. Et puis réfléchis. Tout n'est pas toujours de la faute des autres. Tu y es sans doute aussi pour quelque chose.

Ma mère avait l'air embêtée. Elle n'avait pas tout à fait tort. Les profs, je les comprenais un peu, vu comme ça. Et c'était vrai que j'y allais de bon cœur, moi aussi.

J'ai baissé la tête.

– Je vais essayer de faire un effort, j'ai dit.

J'en avais marre de la guerre perpétuelle.

Ma mère m'a souri. Mon père m'a tapoté l'épaule en passant, confiant.

J'ai tenté l'apaisement. Je n'en ai pas eu le temps. A la sortie du cours de techno, dans le couloir, c'est arrivé par derrière. Qui ? Comment ? Pourquoi ? Je n'en saurai jamais rien. Je me suis retrouvé par terre, tatané par deux marques. Du Nike et du Puma. Je n'ai vu que ça. Je me suis roulé en boule. J'ai protégé mon visage. Et je m'en suis pris plein les côtes. L'ouragan est aussitôt passé. Je me suis retrouvé seul avec ma douleur et en retard au cours d'histoire. Mme Pigeon m'a laissé entrer et cuisiné aussi sec.

– Tu veux bien nous rappeler où nous en étions restés la fois dernière ?... Prends tout ton temps, surtout. Ne te presse pas.

La classe m'attendait dans la gêne. Eux, savaient « qui ? comment ? pourquoi ? ». Leur loi du silence : la loi des lâches. Moi, ma loi du silence aurait un autre sens. Me taire, ne pas cafter, ne pas me plaindre : les ignorer tous. Oui, ma mère avait raison. Ma décision prise, j'ai fait une grimace de douleur en m'asseyant. Mme Pigeon l'a pris pour elle.

– Et tu t'amuses à faire le singe, par-dessus le marché ! Ton carnet !

Ma résolution a volé en éclats, ma loi du silence

aussi. Je me suis mis à hurler. Je n'en pouvais plus, et c'est elle qui a pris.

– Si vous le voulez, vous venez le chercher et il faudra me l'arracher. J'en ai marre de ce collège de débiles.

– Et tu insultes un professeur!

– Oui, oui, madame, il vous insulte, a beuglé un de mes « camarades ». Et encore, vous savez pas ce qu'il a dit de vous à la récré.

Mme Pigeon s'est ruée sur moi dans les « vas-y! », « crève-la » et autres douceurs. J'ai résisté. Elle tirait. Je tirais. Le carnet s'est déchiré. Elle, la couverture. Moi, l'intérieur. Elle n'avait qu'à écrire sur le plastique. Elle a fait un geste pour m'attraper. J'ai filé. J'ai descendu les escaliers. Je ne sentais même pas la douleur. Je me suis réfugié dans les W.-C. des profs. J'ai fermé la porte au verrou. Pas une seconde de réflexion. Page par page, morceaux par morceaux, en six, en huit, en micro confettis, j'ai tout balancé dans la cuvette, avec application. Quand j'ai eu fini, la douleur est revenue mais ma rage n'était toujours pas passée. Personne, personne ne me fera croire maintenant que les profs ne m'en voulaient pas. Non, je n'avais pas fait de grimace. Non, je n'avais insulté personne. Ça tombait sur moi, sans explication. Maintenant, j'allais leur montrer. Plus question de me laisser faire. Et d'abord qu'ils me trouvent. Je me suis assis. J'ai guetté les bruits. Des pas. Ma porte que quelqu'un tente d'ouvrir. Et les pas qui s'éloignent. Nouvelles tentatives à la récré, avec commentaires de profs qui injuriaient la porte qui faisait de la résistance. J'ai souri. J'ai tremblé tout à coup en reconnaissant la voix de Sadique et les chuchotis de la CPE et de Mme Crépon.

– Ouvre Antoine. Je sais que tu es là. Si tu n'es pas sorti dans une minute, je défonce la porte.

Il s'est mis à la secouer par la poignée. Je me suis crispé. Je n'ouvrirai pas. Derrière, c'était l'excitation qui montait et redescendait.

Mme Crépon a pris sa voix douce. Elle me suppliait, elle m'implorait de ne pas aggraver mon cas.

Au point où j'en étais... Sadique jouait les méchants, commando de marine. Pour un peu, il plastiquait les chiottes ou peut-être au bazooka.

Puis chuchotements.

– On ne peut pas faire ça. On ne peut pas détruire le matériel du collège.

– Oui, mais on ne peut pas laisser Antoine enfermé.

– Mais s'il a fait un malaise, c'est moi qui suis responsable, s'est affolée Mme Crépon.

– Et peut-être que ce n'est pas lui qui est là, a suggéré la CPE.

– Moi, je prends mes responsabilités ! a beuglé Sadique.

J'ai immédiatement entendu un « aïe ! » après un violent coup d'épaule dans la porte qui ne lâchait pas prise.

– Vous vous êtes fait mal ?
– Non, non, c'est rien.

Sa voix disait le contraire.

– Et qu'est-ce qu'on fait, maintenant ?

Je les ai entendus s'éloigner. Impossible de savoir ce qu'ils complotaient. Une seule certitude réjouissante, juste une seconde : Sadique la terreur s'était pris un gnon tout seul. Bien fait, bien fait, bien fait.

Enfermé dans les W.-C., j'avais fait le plus facile. Restait le plus difficile : sortir. C'est exactement le contraire de ma fugue. Partir, c'est simple. Après, il fallait bien rentrer.

L'attente s'est éternisée. J'ai tout imaginé. Les

pompiers qui venaient. Le serrurier qu'on avait appelé. Tout, sauf la voix de ma mère qui m'a fait sursauter.

– Antoine, c'est moi. Tu peux sortir. Tout est arrangé.
– Même le carnet de liaison ?
– De quoi tu me parles ?
– Rien, rien...

J'ai tourné le verrou. Je me suis jeté à son cou. Elle m'a longuement caressé les cheveux. Je me suis rendu compte, pour la première fois, que j'étais plus grand qu'elle. Je l'ai repoussée sans qu'elle comprenne.

Personne, mais vraiment personne pour surveiller notre sortie. Comme si j'étais une bête monstrueuse dont tout le monde avait peur. Mais je suis certain que Mme Crépon et la CPE espionnaient.

Le soir, dans le salon, nouveau conseil de famille réduite. Engueulade en règle, sur l'air de « mais qu'est-ce qui te passe par la tête pour faire des âneries pareilles ? La fugue, ça ne te suffisait pas ? » Et nouvelles recommandations. « Travaille, tais-toi et finis ton année. » Mais je n'écoutais que d'une oreille. A quoi bon prendre encore de bonnes résolutions si ça ne marchait jamais ? J'avais essayé. Raté. Cette fois-ci, je ferais tout capoter.

Les résultats ne se sont pas fait attendre. Mon nouveau cahier de liaison a commencé à devenir un roman-feuilleton avec devoirs supplémentaires, heures de colle, avertissement précédant un blâme... J'avais, en quinze jours, le modèle de l'écriture de tous les profs sauf celui de SVT, en congé maladie non remplacé. Ils racontaient mes faits et gestes comme les chroniqueurs du Moyen Âge appris avec Mlle Bourdieu. Aussi assommants. Les profs, ils n'y sont pas allés avec le dos de la cuiller. A l'encre rouge, violette, bleue, noire, ils m'ont flingué. « N'apprend pas ses leçons » « Ne rend pas ses devoirs » « Perturbe les cours par ses réflexions déplacées » « Fait des remarques à la limite de l'insolence » « Ingérable »...

Mes parents signent, désespérés, impuissants. Manière forte, compréhension alternées. Papa gueule, maman adoucit ou l'inverse. Ils s'arrachent les cheveux. Ils sont prêts à m'arracher les miens. Ils ignorent que je me dénonce même pour ce que je n'ai pas fait. Mousse et Abdel me regardent effarés. Mme Turpin demande qui a lancé une boulette. Je lève immédiatement la main.

– Moi, madame.
– Arrête, Antoine !
– Si. C'est moi, je le jure.
– Mais non, ce n'est pas toi, je te regardais.

– Vous regardiez mal, alors ou bien vous louchez.

La classe rigole. La boulette est oubliée. Je suis viré avec un mot de plus pour ma collection.

– Où tu vas, comme ça, Antoine ? me demande mon père en soupirant. Ça va mal finir.

En tout cas, ça va finir. Je l'espère bien. J'ai confié mon plan à Sarah, au téléphone. Elle me conseille d'arrêter.

– Mais j'ai arrêté. Je ne fais plus rien de rien de rien.

Elle n'a pas apprécié que je lui dise que j'allais poursuivre. Je m'y préparais quand l'angine est arrivée, brusque, sèche, pas faite exprès. Arrêt forcé. Une fièvre de cheval et les amygdales en choux-fleurs. Je respire mal mais je respire : plus de collège dans la ouate de ma couette. Et pourtant, ça s'agite à la maison. Du collège, il en est question tout le temps par coups de téléphone successifs. Je n'y comprends rien. Discussions, réunions… Je m'endors assommé par la fièvre. A mon réveil, j'échafaude tous les plans possibles pour échapper à Jacques-Prévert. Mais il est toujours là. Mon père y est allé. Ma mère en revient. On dirait qu'ils n'ont que ça à faire, discuter avec Mme Crépon. Autant parler aux murs. A moi, ils ne me disent rien.

Sarah est venue me voir sans que mes parents le demandent. Elle ne craint pas la contagion. Je lui ai dit que je n'avais pas d'amis, des vrais, sauf aux Éclés. Et que si je ne l'avais pas, elle, je ne sais pas ce que je ferais. Elle était assise sur mon lit. Elle m'a caressé la main. J'allais mieux. Elle m'a conseillé d'arrêter avec le collège.

Elle ne croyait pas si bien dire. Mes parents m'ont laissé me rétablir, sans pousser le mouvement. Je commençais à crever de peur de retourner au collège. Toutes mes inventions ne valaient rien. Le sauvetage n'est venu qu'au petit matin de la reprise.

Mon père et ma mère m'ont regardé préparer soigneusement toutes mes affaires. J'étais en sueur.

– On t'accompagne, m'a dit ma mère.

Mais ils ne m'ont pas laissé à la porte du collège. Le piège s'est refermé dans le bureau de Mme Crépon. Elle a tendu un papier à mon père, avec le sourire, puis elle s'est tournée vers moi et m'a tendu la main.

– Eh bien, je te dis au revoir, Antoine. Bonne chance pour ton avenir scolaire... Je n'aurais peut-être pas le temps de te revoir lorsque tu viendras rendre tes livres au CDI...

J'ai regardé mes parents sans rien comprendre. Qu'est-ce qu'ils avaient trafiqué dans mon dos, eux qui m'expliquaient toujours ce qui se passait ?

J'ai redescendu les escaliers avec eux. A la porte, ma mère m'a dit :

– Voilà, c'est fini.

– Quoi ?

– Le collège Jacques-Prévert. Tu n'y vas plus.

J'ai vacillé. Le trottoir, on aurait dit le pont d'un bateau. Je me suis vite accroché au blouson de mon père. Il m'a pris par l'épaule. Au café, en face du collège, il m'a expliqué.

– Tu vois ce papier que Mme Crépon nous a donné ?

J'ai hoché la tête.

– C'est une demande exceptionnelle de changement d'établissement et elle a donné son accord. Tu allais passer en conseil de discipline… et pour elle, comme pour nous, ce n'était pas une solution.

– Mais qu'est-ce que je vais faire maintenant ?

– On verra. Pour l'instant, on va considérer que tu es malade.

– Mais je suis guéri !

– Ton angine, oui. Mais le reste, là, dans ta petite tête où ça bouillonne, où ça fume, où ça se bagarre… Il faut bien régler ça, tu ne crois pas ? On a pris rendez-vous avec toi pour que tu voies un psychologue. Il t'aidera…

– Mais je ne suis pas fou, j'ai crié.

– Non, tu n'es pas fou, mais tu vas mal.

Je n'avais rien à répondre. Il disait vrai. Je me suis effondré en larmes dans les bras de mon père.

J'ai murmuré :

– Mais je n'ai pas dit au revoir à mes copains.

Mon père m'a soufflé.

– Arrête de mentir. Des copains, des vrais, tu n'en as pas. Ça fait aussi partie du problème.

Je me suis rebellé.

– Mais l'école, c'est obligatoire !

– Oui mais plus celle-là.

– Laquelle, alors ?

Et la même rengaine.

– On verra.

Chapitre 16

– Mais qu'est-ce que tu fais là, sans prévenir ? m'a demandé Sarah.

Je l'ai mal pris, devant la sortie de son collège, au milieu de ses copines. Elle m'a présenté mais sa remarque m'est restée au gosier. Son « sans prévenir ». Comme si j'avais besoin !

Elle a compris, à ma tête pas contente. Elle m'a vite entraîné dans la rue.

– J'avais « danse », elle m'a dit.

– Ça t'embête vraiment que je sois venu ?

Elle a haussé les épaules, m'a pris la main, m'a embrassé dans le cou.

Mais elle a répété sa question.

– Qu'est-ce que tu fais là, à cette heure ?

– Je suis venu te chercher, c'est tout.

– Mais tu as séché les cours ?

A Sarah, je ne mens pas. Je lui ai raconté la dinguerie de mes parents et le rendez-vous qu'ils avaient pris pour moi.

Parce que c'était moi qui étais fou, évidemment.
Elle m'a regardé d'un drôle d'air.

– Ce n'est que ça ?

Je suis resté bouche bée. Elle a rigolé et m'a demandé de la regarder droit dans les yeux. J'ai obéi sans comprendre.

– Moi, tu crois que je suis folle ?

J'ai ri.

– Eh bien, moi, la vérité, si tu veux que je te la dise : je vois un psy depuis un an, une fois par semaine. Et ça m'aide drôlement.

– Mais tu ne me l'as jamais dit ! Et pourquoi tu y vas ? C'est comment ?

– Ben, on parle quoi.

– Et qu'est-ce que vous vous dites ?

– C'est un secret entre lui et moi. Mais je t'assure que c'est pas ce que tu imagines. Au début, j'étais comme toi. La trouille, si tu savais…

Je savais. Sarah a raté son cours de danse. Chez elle, je lui ai raconté mes journées de délire. Ma mère avait pris un congé « pour enfant malade ». Elle me rendait vraiment malade. Enfermés tous les deux à la maison, on ne savait plus qui était le plus mal en point. Insupportable. Il ne me restait qu'à courir à la sortie de Jacques-Prévert. Ma mère protestait.

– Mais tu cherches encore les coups ?

– Quels coups ? Depuis qu'ils savent que vous

m'avez retiré, ça leur en bouche un coin. Ils voudraient tous être à ma place. Classe, non ?
— Je t'interdis de parler comme ça…
— C'est ça… C'est ça.
La porte claque. Je file au collège. Mes anciens profs tout frais font semblant de ne pas me voir, murmurent un « bonjour Antoine » en réponse à mes « bonjour » hurlés. Denis-catogan, à l'entrée, lui, prend vraiment de mes nouvelles. J'en rajoute.
— Super ! Des vacances sans vacances, tu ne peux pas savoir !
Mousse, Abdel, Jean-Marie déboulent. Je force la dose sur les bienfaits des maladies imaginaires. Cinoche tous les jours jusqu'à ce qu'on me trouve un nouveau collège. Mines envieuses puis ils se mettent à parler de micmac qui m'échappent, de coups tordus dont je ne suis plus au courant. Largué. Je demande timidement :
— Et ça a changé depuis que je suis parti ?
Franche rigolade.
— Tu parles. C'est encore pire. La mère Turpin, elle nous a fait tout un discours. Pour un peu, c'est de notre faute à tous si tu as dû quitter le collège. Alors, on lui fait payer. Mais pas seulement à elle. On est intenables, elle dit, la CPE.
Je les accompagne quelques mètres sur le trottoir. Et je trouve n'importe quel prétexte pour

fuir. Pas besoin de prétexte. Ils s'en foutent. Je n'existe plus pour eux. Je n'ai jamais existé. Je le sais.

A pas lents, évitant de marcher sur les traits du trottoir, je compte jusqu'à 100. Si j'y arrive, mes parents m'auront trouvé un collège et la visite chez le psy ne sera pas si grave que ça. Encore raté. Je rentre à la maison. Dans le salon, ma mère se force à sourire. Je pose toujours la même question.

– Dis, maman, la procédure exceptionnelle d'urgence, comme tu dis, ça dure combien de temps ?

Elle va pour répondre. Elle baisse la tête. Elle se frotte les yeux. Elle pleure. Je m'assois sur le tapis, à ses pieds. Je pose mon front sur ses genoux. Elle me caresse les cheveux. Elle retrouve un filet de voix.

– Ne t'inquiète pas, Antoine, c'est une question de jours.

Je me relève en colère.

– Si c'est pour m'apprendre ça ! Des fois que je ne le sache pas !

Je m'énerve. Je ne supporte pas ma mère comme ça. Je sais qu'elle prend des cachets pour aller mieux. Qu'est-ce que je devrais prendre, moi ?

La porte, assurément, pour respirer. C'est pourquoi je suis chez Sarah, allongé sur son lit et que je lui demande du soutien. D'abord en silence, pelotonné contre elle, au chaud, à l'abri. Puis avec des mots de peur.

– Mais le psychiatre, il t'aide vraiment ?
– Bien sûr. A lui, je peux tout raconter.
– Tu lui as déjà parlé de moi ?
– Bien sûr.

Je n'en reviens pas. Je suis connu, alors ! Je prends la main de Sarah. Je la caresse, je l'embrasse. Le temps passe. On s'enlace. Mais rien n'est réglé. Il est temps de rentrer.

Mon père tire sa tête des jours où ce n'est pas le jour. Il interroge ma mère.

– Toujours rien ?

Elle fait non. Il dit :

– Mais qu'est-ce qu'ils foutent ? Ça fait dix jours aujourd'hui que j'ai déposé la demande au rectorat. Pas par la poste. Je me suis déplacé. Dix jours… et eux, ça ne les dérange pas. On a un gosse qui se croit en vacances, qui ne fait plus rien depuis des lustres… et eux s'en tamponnent. C'est bien l'Éducation nationale : une énorme machine à paperasse, incapable de traiter un cas. Un seul, simplement.

Et ça ne peut que déraper vers moi.

– Et toi, qu'est-ce que tu fiches dans mes jambes ? Tu ne vois pas que je parle à ta mère. Toujours à mettre le nez dans nos conversations. Et puis merde, c'est de ta faute aussi. On n'en serait pas là si tu ne t'étais pas mis à faire le mariole, à t'enfermer dans les chiottes, à fuguer, à ne plus rien foutre, à provoquer tout le monde ! Fous le camp dans ta chambre.

Je la connais par cœur, ma chambre. Mon lit où je passe la moitié de la journée. Ma télé allumée à regarder n'importe quoi. Mes jeux auxquels je ne joue plus. Mes bouquins de classe étalés par terre et que je savate quand je peux. Mais là, papa, j'ai envie de l'assassiner. C'est de ma faute. Tout est de ma faute. Et si le rectorat ne s'occupe pas de moi, c'est aussi à cause de moi. Non, je ne marche pas.

J'enfile mon sweat. Je vais pour passer par le salon. Je reste en arrêt. J'écoute mon père qui ne décolère toujours pas mais sans gros mots et sans crier.

– Si c'est comme ça, on va chercher dans le privé. Qu'est-ce qui nous prouve que son nouveau collège sera différent du premier ? Qu'il ne va pas tomber sur pire encore ? Il va être affecté ailleurs d'office et on devrait accepter même si c'est inacceptable ? Moi, je veux voir où mon fils est envoyé. Ça suffit de se faire trimballer comme ça. Au nom de quoi ?

Je sais que ma mère pleure. Je l'entends renifler. Et mon père, sans cœur, mouline encore.

– Je veux voir ses nouveaux profs. Je veux discuter avec l'administration. Plus question de confier Antoine à n'importe qui. Et ma décision est prise, définitive. J'en parlerai demain au psy.

Ma décision est prise aussi. Je claque la porte bien fort pour qu'ils entendent. Et maintenant, rattrapez-moi si vous y arrivez ! Moi non plus, je n'en peux plus que vous me trimballiez. J'irai où je veux, que ça vous plaise ou non.

J'y suis allé. Une salle de jeux où personne ne me trouverait. Une vingtaine de consoles, un casque sur les oreilles, un fauteuil confortable et j'ai pu me déchaîner sur les cibles volantes. Tout ce qui passait sur l'écran de l'ordinateur y passait, explosait, volait en éclats dans des faux hurlements de douleur. J'ai payé deux heures. J'ai tiré deux heures. J'ai dit que j'allais prendre un sandwich, qu'on me réserve ma place pour la nuit. J'ai payé mon forfait et je suis sorti. La douceur de la rue ne m'a pas adouci. La véritable bagarre, elle était dans ma tête. Même Sarah n'aurait pas compris. Elle m'aurait conseillé de rentrer chez moi. Rien du tout. Pour m'entendre dire par mes parents qu'ils m'enverraient de toute façon quelque part mais sans donner de date… Non. J'ai grignoté, acheté une grande bouteille d'eau et je me suis installé pour la nuit. A minuit, le patron a tiré le rideau de fer et j'ai continué à tirer. A quelle heure, je me suis endormi ? Je sais que j'ai pensé à mes parents, que j'ai murmuré « pardon » ou peut-être je l'ai seulement pensé... Quand je me suis réveillé, il était 6 heures et demie. Le patron m'a proposé un café. J'ai accepté. Il m'a demandé ce que j'allais faire. J'ai répondu d'une traite :

– Rentrer chez moi, pourquoi ?

Plus simple à dire qu'à faire. Une fois encore. Qu'est-ce qui me poussait à partir pour revenir ? J'aurais pu aller au bout du bout du monde, c'est encore à la maison que je serais revenu.

J'ai demandé si je pouvais téléphoner. Accordé. Première sonnerie et la voix de papa déjà incrustée dans le combiné.

– Antoine, ça va ?

– Oui... Mais, dis papa, si je rentre, vous voulez bien me reprendre avec vous ?

– Évidemment. Quelle question ! Tu es où, gros bêta ?

– Dans une salle de jeux. J'ai passé la nuit à l'abri.

– On t'attend, mon lapin.

J'ai haussé les épaules au « mon lapin » ridicule. Mais ça m'a fait sacrément plaisir. J'allais foncer chez moi en métro. Je me suis ravisé. Je suis rentré à pied. Après la joie, la peur. Pas de mes parents mais du psychologue que j'allais voir l'après-midi et qui allait m'assassiner de questions. Qu'est-ce que j'allais bien pouvoir lui dire ? Et à mes parents ? J'ai eu froid tout à coup. Je suis descendu dans le métro et, au bout du parcours, maman m'a serré dans ses bras sans un mot. Mon père m'a demandé si j'avais faim.

– Non, sommeil. Je vais me coucher.
– D'accord. Je te réveillerai pour le rendez-vous.

Ma rage réenclenchée. Sois sans inquiétude. Je serai debout pour tout lui dire au psychologue.

Ce que vous m'avez fait en m'enlevant du collège, en faisant vos coups en douce, en me laissant sans rien savoir. Tout, tout, tout. Et vous ne serez pas très fiers.

Ils ne l'étaient pas vraiment, en sonnant à la porte. Moi, pas davantage. Mais j'avais bien retenu ce que m'avait dit mon père : le psy était là pour m'aider, moi, rien que moi. Il allait avoir du boulot. Mais d'abord quelle tête, il avait ? Une bonne tête, en ouvrant la porte, en me prenant la main dans ses deux mains avec gentillesse, en m'appelant déjà par mon prénom. Dans sa salle de consultation, il y avait des fauteuils et des bouquins partout. Pas de bureau, pas de table pour s'allonger. Un médecin sans matériel qui nous a fait asseoir et c'est parti.

M. Bonnefoy les a bien eus, mes parents. Il les a laissés parler longtemps sans beaucoup s'émouvoir. Ils lui ont raconté à tour de rôle le départ de « chez-nous », là-bas, le racket, les coups, les blessures, mes béquilles, mes fugues – même celle d'hier. Ils ont dit aussi mon faux vrai nom. Comment j'étais Antoine Weissbrot et qu'on m'avait traité. Ils ont raconté, en vrac, les copains que je n'avais pas, le collège suspendu et mon père a bien insisté sur le privé. Que le public, il n'en pouvait plus. Puis, sans qu'ils s'y attendent, M. Bonnefoy s'est adressé directement à moi.

– Et toi, Antoine, qu'est-ce que tu en penses ?

– Qu'ils ne disent pas que j'ai une copine. Elle s'appelle Sarah. Elle aussi voit quelqu'un toutes les semaines et il l'aide.

M. Bonnefoy m'a souri.

– Et tu as envie d'être aidé ?

– Oh oui ! j'ai vite dit.

– Mais tu vois quand même que tes parents t'aident aussi même si leur façon d'agir ne te convient pas. Ils cherchent pour toi l'endroit où tu puisses te trouver bien. Et ça peut prendre du temps. Mais personne n'est à quinze jours près. C'est quoi, quinze jours dans une vie ?

– Rien.

– C'est bien ce que je pense… Tu serais prêt à revenir une fois par semaine pour qu'on fasse le point, tous les deux ? Rien que tous les deux. Et tout ce que tu me diras restera entre nous. Tes parents, on les verra de temps en temps. Mais si tu bosses, c'est avec moi et surtout avec toi. Moi, je ne peux que t'aider, rien faire à ta place.

– Et pour le collège, vous ne pouvez rien ?

– Ah ça, mon garçon, il a dit en rigolant, tout ceux qui ont essayé se sont cassés les dents. Et je ne tiens pas à avoir un dentier.

Il m'a fait rire.

– Tu sais, m'a-t-il dit, l'école, on ne fait qu'y passer pour aller ailleurs, heureusement.

– Oui, mais les profs, ils l'ont jamais quittée !

– On en parlera la semaine prochaine si tu veux. Même jour, même heure.

Un peu que je veux. Il m'a dit de faire confiance à mes parents et de le prévenir s'il y avait du nouveau.

Dans la voiture, mes parents avaient l'air soulagé. Moi aussi, j'avais retrouvé mon calme. Je n'ai pas dit un mot. J'ai pensé à M. Bonnefoy.

Chapitre 17

Déjà quinze jours d'attente. Le rectorat ne s'est toujours pas manifesté. Ma mère guette tous les matins le passage du facteur. Mon père est d'une humeur de massacre et la facture de téléphone fait des bonds prodigieux. Mon père refuse de faire intervenir ses relations. On attendra le temps qu'il faudra.

– Je ne demande pas de traitement de faveur ; juste qu'on s'occupe de mon gosse ! je l'entends hurler dans son portable qu'il emmène dans sa chambre pour ne pas que je sois au courant de ses appels à l'aide.

Mais il les chuchote si fort que je sais tout. Ça ne m'avance pas beaucoup mais ça fait du bien d'entendre l'histoire des autres. Moi, à côté, c'est vraiment pas grand-chose. J'en apprends de ces trucs sur les familles qui présentent si bien avec des ados déjantés ! Virés du collège pour revente de shit. Virés du collège pour avoir tagué la cour, la nuit.

Virés pour absence. Virés et recasés aussitôt. Mais c'est combien de temps « aussitôt » ? Et « recasés » où ? Le public, le privé, l'internat. Un mot qui fait choc. Je rumine. Ça me plaît bien, l'internat. J'imagine. Plus mes parents sur le dos. De l'air, de l'air, du grand air. J'en parlerai à M. Bonnefoy. En attendant, c'est mon père qui parle.

– C'est bizarre comme les gens cachent bien leur jeu. Mais dès qu'on gratte un peu, les cauchemars sortent des placards. Et on en apprend de belles... Moi, ça ne me gêne pas de parler des difficultés d'Antoine. C'est vrai, qu'est-ce qu'il y a à cacher ?

Mon père m'énerve. Ma mère, elle, ne dit plus trop rien. Elle est triste, triste. J'aimerais l'aider. J'aimerais la voir rire, comme avant.

Ça arrive, le lendemain, inattendu. Elle me réveille en me secouant, la joie revenue.

– Ça y est Antoine ! Ça y est ! Tu n'as pas entendu le téléphone ? Ils t'ont trouvé un collège. Tu te rends compte ?

Oui. Je suis soulagé d'un coup. Et le même coup m'a fichu la frousse. Je grogne. Ma mère veut m'embrasser. Je la rejette. Elle revient à la charge.

– Demain tes ennuis sont finis. Le rendez-vous est pris.

C'est bien ce qui me terrorise.

Un grand soulagement pourtant quand j'entasse mes livres dans mon sac à dos. Je vais dire « adieu » à Jacques-Prévert. Ça veut dire un grand bras d'honneur intérieur à tous ceux qui m'ont traité et maltraité, enfoncé sans raison. Mais je ne les vois pas. Au CDI, la documentaliste vérifie simplement que rien ne manque. Au secrétariat, on me donne mon « exeat ». En français, c'est juste un « bon de sortie » mais c'est du latin.

Je pousse un soupir en passant la porte que je regarde une dernière fois. Une nouvelle journée d'attente avant de me retrouver où ?

Collège Jean-Moulin. Un chef de la Résistance, m'explique mon père, sans plus. Il a l'air préoccupé depuis qu'on a quitté la maison : trois stations de métro. Il regarde ma mère avant de sonner. Il l'interroge. Une phrase qui m'inquiète.

– Toujours d'accord ?

Elle hoche la tête quand la gardienne arrive. Procession jusqu'au bureau du principal. Un petit tout chauve en cravate. Il ne serre la main de personne, s'assoit derrière son bureau-barricade. Il baisse les yeux pour lire un fax.

– Antoine Blancpain, c'est ça ?

Mes parents ne bronchent pas. L'autre continue sans lever la tête.

– Viens de Jacques-Prévert...

Il soupire, reprend d'une voix mourante :

– Les classes sont déjà surchargées… Mais bon, il faudra bien qu'on l'accepte… L'affectation émane du rectorat… L'administration !

Soudain, il se raidit. Il a perdu son ton geignard. Il hausse la voix.

– Autant vous prévenir tout de suite, le collège Jean-Moulin…

– On peut le visiter, voir les locaux, le personnel d'encadrement ? coupe mon père avec calme.

On aurait dit que le principal venait d'être mordu aux fesses par un python. Il est debout, écarlate, étranglé d'indignation.

– Vous croyez peut-être que Jean-Moulin, c'est un hall de gare !

– Non, pas spécialement. Mais je ne confie plus mon fils à n'importe qui… Alors, au revoir, monsieur. Je vais chercher ailleurs.

Je n'en crois pas mes oreilles. Mon père me prend la main. Demi-tour toute.

Je n'ai rien d'autre à dire sur le collège Jean-Moulin. Mais j'en aurai des trucs à raconter à M. Bonnefoy. Surtout la course aux collèges privés parce que mes parents l'ont décidé.

– C'est contraire à tous nos principes, m'explique mon père. Mais les principes, je m'assois dessus s'il s'agit de ton avenir. Et tu es plus important que mes principes.

Ça, c'est envoyé ! Je dois avouer que mes parents

s'occupent de moi-même si je dis que je m'en fiche. D'abord, la bibliothèque s'enrichit. Des bouquins énormes à commander et qui coûtent la peau du dos. Guide des études, guide des collèges, guide des guides pour vous guider dans vos guidages. Et puis je découvre des orientateurs partout, dans les cabinets, au téléphone, par Internet. Des pubs d'enfer pour réussir vos études si vous avez déjà échoué ailleurs. Et des rendez-vous qui se succèdent, jour après jour.

    Pas de doute, je suis intelligent. Merci. C'est ce que disent tous les orientateurs professionnels à 76 € la consultation. Je ferai ça comme métier, plus tard. C'est facile et ça rapporte gros. Ils écrivent le résumé de mes aventures et, à la fin, ils donnent des dépliants de collèges privés et d'internats extraordinaires dans des châteaux au milieu d'immenses forêts. Photos de piscines, de salles d'informatique, de salles de sports...

Et quand ils me serrent la main, ils glissent à mes parents :

– Si jamais vous avez besoin d'une introduction, nous pouvons téléphoner pour vous… Le directeur est un ami.

Ils ont vraiment plein d'amis que mes parents appellent de la maison. Plus de place à cette période de l'année. Désolé, mais pour la rentrée prochaine nous pouvons vous envoyer le dossier d'inscription : 23 €, non remboursables. Et de désolation en désolation, l'atmosphère se tend. Mon père s'irrite pour rien. Il ne supporte plus que je sois allongé sur mon lit à regarder la télé. Il entre dans ma chambre sans frapper, éteint et crie :

– Nous on se démène pour te trouver quelque chose et toi tu te roules les pouces ! Et tes cours en retard, tu vas les rattraper quand ?

Il n'attend pas de réponse. C'est lui qui claque la porte en sortant. Je rallume la télé.

Je sors la tête de mon trou pour les repas. Mes parents sont accablés. Papa souffle et maman souffre, s'essuyant les yeux. Je prends ma respiration. J'ai ma solution.

– Moi, c'est en internat que je veux aller ! Arrêtez de chercher en ville. Même si c'est un collège catholique, Saint-François ou Saint-tout-ce-qu'on-voudra, je m'en fiche. Là-bas, je travaillerai et je rentrerai le week-end. J'irai aux Éclés et je vous verrai.

Mon père me regarde longuement. Je sens que lui aussi a envie de pleurer. Il hausse les épaules.

– Tu es certain de ce que tu dis, Antoine ?

Je fais « oui ». Le visage de papa s'éclaire. Il renifle, me serre dans ses bras. Je me laisse aller. Je suis bien. Si ça pouvait durer l'éternité ! Papa murmure :

– Je ne te laisserai pas tomber, mon garçon. Et pourquoi pas l'internat ? Juste le temps qu'il faudra.

Il est réticent. Sa voix le trahit mais il dit « oui ».

Merci papa. Vive l'internat. On y va.

Premier rendez-vous : un tout petit tour et puis c'est tout. Accueil trop chaleureux pour être honnête. Et ça n'a pas plu à papa que le directeur tape à grands coups sur le « public ». Mon père, lui, ne s'en privait pas. Mais les autres n'avaient pas le droit. C'est comme ça. La discussion tournait vinaigre. Je m'en suis désintéressé. J'ai regardé les arbres, dans le parc.

– On va réfléchir, a dit mon père, en partant.

C'était tout réfléchi.

Jamais je ne pourrais tout raconter à M. Bonnefoy. Et puis j'étais fatigué. Que mes parents me laissent là où ils voudraient mais qu'ils me laissent. Je voulais être quelque part. Eux, s'acharnaient au « mieux pour toi, Antoine ». Dans le fond, qu'est-ce qu'ils en savaient ? On visitait. Eux, disaient que j'étais « intelligent », que j'avais besoin de me poser, d'être protégé, de respirer. Les directeurs, les directrices répondaient que c'était exactement ce qu'ils proposaient. Et on repartait. J'ai couru de rêve en rêve. Je me suis vu prenant le TGV tout seul, puis le RER, puis un car de ramassage à la porte Maillot. Et tout finissait dans ma chambre, le soir, épuisé. On n'avait rien trouvé. Trop cher, trop religieux, trop strict, trop vétuste, insuffisamment équipé. Tout y est passé. Mon avis ? Mes parents ne me le demandaient même plus.

Seule, Sarah s'informait. Elle me rendait triste. Elle voulait que je revienne sur ma décision, que je reste. Un jour, au téléphone, je l'ai entendue pleurer.

– Mais on se verra tous les week-end !

– Moi, c'est tous les jours que je veux pouvoir te voir !

C'est moi qui me suis mis à pleurer. Je suis vite

allé la retrouver. Et j'ai pu rire. Rire aux larmes en lui racontant toutes mes visites ratées. Et rentrer à la maison, la peur au ventre que rien ne marche encore. Je me suis raccroché fort aux paroles de Sarah qui m'a tout de même encouragé tellement j'étais au plus bas.

– Tu verras, ça s'arrangera…

C'est elle qui le disait.

Et c'est arrivé un jeudi, je m'en souviens. Visite de routine, cochée sur catalogue. Le bla-bla habituel. « Enseignement personnalisé. » « Approche pédagogique créative. » « Une nouvelle confiance en soi »… N'en rajoutez plus, le prospectus est plein.

Je serre mes bulletins trimestriels contre moi en pénétrant dans un grand parc. Au fond, le château de Moulinsart, avant restauration – je le jure. Il ne manque que Milou qui courrait dans l'herbe.

Le directeur nous fait asseoir dans un bureau tout fleuri. Il ne regarde pas mes parents. Il ne s'occupe que de moi. Et quand je lui tends mes bulletins, il les pose à côté de lui sans y jeter un coup d'œil.

– Inutile, me dit-il. Je sais déjà ce qui y est écrit. Tes résultats sont mauvais, tu perturbes la classe et tes résultats sont encore plus catastrophiques. Et toi, tu as décidé qu'ils pourraient encore être pires et tu t'y acharnes… Personne ne te comprend.

Et tu feras tout pour faire payer le prix fort jusqu'à ce qu'on te comprenne. J'ai tort ?

Comment a-t-il deviné ?

– Écoute Antoine, on met ton comportement de côté. Est-ce que tu peux simplement me donner une de tes qualités puisqu'il paraît que tu n'as que des défauts ?

Je regarde mon père, ma mère. Ils me sourient. Je cherche.

– Allez ! Une qualité, une seule. Ne me dis pas que tu n'en as pas. Ça n'existe pas. Tous les gens en ont…

Je n'écoute plus. Je n'en reviens pas. Lui ne me prend pas pour un crétin fini.

Au beau milieu d'une phrase, je le coupe.

– Ma qualité, c'est de dire la vérité.

– Alors on va pouvoir travailler ensemble, mon bonhomme. Petit à petit, sans rien forcer. Je vais rester un moment à discuter avec tes parents. Va faire un tour, et quand tu reviens tu me donnes une nouvelle qualité.

Je suis dans le parc. Je m'adosse à l'immense sapin. Je sais que c'est là que je veux aller, rester.

Je vois mes parents sur le perron, en grande discussion avec le directeur. Je m'approche en courant.

– Faire plein de projets, c'est une autre qualité que j'ai trouvée.

– Tu vois que tu n'es pas tout bon à jeter, me dit le directeur. Personne d'ailleurs. Mais rien ne presse. Réfléchis. Il faut que tu viennes ici de ton plein gré. C'est toi qui travailleras et dur. On ne s'engage pas à la légère.

Et il me pose la main sur l'épaule pour un au revoir. Je lui aurais sauté au cou. Mes parents aussi s'ils avaient pu tant ils étaient heureux et soulagés.

– Et lundi, si tu es d'accord, tu viens avec toutes tes affaires. J'en reparlerai au téléphone avec tes parents. On réglera les problèmes d'intendance.

Je me suis retourné à l'arrière de la voiture pour lui faire signe de la main. Est-ce qu'il m'a vu ?

M. Bonnefoy, lui, m'a écouté. Il avait l'air content.

– Tu vois, ça s'est arrangé. Et puis tu verras par toi-même pour la suite.

Le reste de ce qu'on s'est raconté, ça ne regarde personne, que lui et moi.

Il m'a quand même dit que Sarah avait eu raison : les choses s'arrangent...

Sarah, justement, m'attendait en bas de l'immeuble. Elle m'a offert du papier à lettres.

– Tu m'écriras ?

– Je te téléphonerai aussi.

Je l'ai embrassée avant de courir avec ma mère acheter mon trousseau. Je repartais à zéro.

Chapitre 18

La vérité de mon dimanche avec Sarah, c'est que j'étais pressé d'être lundi. Sarah s'est cramponnée à moi au cinéma. Elle me serrait fort le bras. Elle a posé sa tête sur mon épaule, en larmes. Moi, j'étais déjà à l'internat. Je jure que je ne sais pas quel film j'ai vu. J'ai repensé à mes affaires déjà rangées et à mes chaussons ridicules qu'il fallait obligatoirement apporter.

– T'es déjà plus avec moi, m'a dit Sarah en sortant.

J'ai menti pour ne pas lui faire plus de peine encore.

– Et c'est mixte, ton internat ?
– Oui, bien sûr.

Elle a éclaté en sanglots.

– Alors tu vas m'oublier…

Je n'ai pas compris pourquoi. Je l'ai consolée comme j'ai pu. Mais je lui ai juré, rejuré de l'appeler mercredi, de l'internat. Elle verrait bien si je l'ai oubliée. J'ai juré une nouvelle fois. Elle m'a raccompagné très lentement jusqu'à la maison. Elle m'a embrassé. Elle m'a menacé.

– Si mercredi tu ne téléphones pas, c'est fini, nous deux.

Elle est partie en courant, sans se retourner. J'ai à peine eu le temps d'y penser, mes parents m'ont happé. Inspection générale avant le grand saut.

Je rouspète pour la forme sur les photos d'identité. Elle sont moches, datent de trois mois et j'ai les cheveux trop longs.

– Tu t'en contenteras, me sèche mon père. On a déjà dépensé suffisamment.

Et d'aligner d'un seul souffle l'ensemble des achats de la fin de semaine : nouvelle couette, housses, tenue de sport, sac à dos, horribles pantoufles, robe de chambre de grand-mère à mourir de honte…, sans compter l'abonnement de train, celui du car et les trois mois d'avance de la pension. J'abandonne les photos mais je m'accroche à mon walkman et à mon portable.

– Je les emmènerai quand même !

– Pas question ! Viens, assieds-toi, on va relire le règlement intérieur.

Du doigt, il me désigne les interdictions, comme au collège, « pour la bonne marche de l'établissement et le bien de tous ».

Mon père me prend par l'épaule.

– Mets dans ton sac quelques affaires auxquelles tu tiens.

Je me lève.

– Si c'est comme ça, je n'emmène rien du tout !
– Ne sois pas idiot ! Avec toi, c'est tout ou rien.

Le ton va monter quand ma mère intervient. D'un simple regard, elle fait taire mon père qui me sourit. Il me passe la main dans les cheveux et quitte ma chambre. Ma mère prend sa place. Dernières consignes.

– Et quand tu rentres, vendredi, on va au restaurant.

Je ne suis pas à vendredi mais à demain. Et demain c'est déjà aujourd'hui après une nuit sans sommeil. Et pourquoi Sarah m'en veut ? Bien sûr que je l'appellerai. Dans le règlement, ils autorisent le téléphone. Qu'est-ce qui lui prend de douter de moi ?

Pas un mot dans la voiture. Juste des grognements en réponse aux questions qui s'enchaînent. Mince ! c'est moi qui vais à l'internat.

Quand on vire pour pénétrer dans le parc, je supplie mes parents de me laisser, de partir tout de suite, aussitôt les sacs sortis du coffre. Ils le font, le cœur ratatiné. Ça se lit sur leur visage. Je ne me retourne pas quand la voiture s'éloigne. Je veux voir le directeur le plus vite possible. Il me rassurera, c'est certain. Il ne me rassurera rien du tout parce qu'il n'est pas là, plus là, nommé à d'autres fonctions très importantes, ailleurs.

Comment je le sais ? Je l'ai demandé à la grosse dame venue à ma rencontre sur le perron. Elle s'appelle Mme Groussard, porte une immense croix sur la poitrine et un sifflet à roulette qui va avec. C'est la directrice des études. Je ne sais pas ce que c'est.

— Et j'assure l'intérim, elle m'annonce d'un air de général en chef. C'est à moi que tu t'adresses en cas de problème. Mais il n'y en aura pas, n'est-ce pas ?

Je dis « non ».

Elle me regarde.

– On dit « non, madame ».

Je dis « oui ».

Elle dit :

– « Oui, madame ».

Je ne dis plus rien. J'obéis en frissonnant. Elle prend mon cartable tandis que je grimpe les deux étages du château derrière ses mollets de footballeur.

Elle me désigne une chambre, mon lit.

– Tu laisses tout. Tu t'installeras ce soir avec le maître d'internat et tu rejoins immédiatement ta classe. Je t'accompagne.

J'ai envie de pleurer. J'ai vu ma chambre. Deux lits superposés et le mien, tout seul. Un cagibi où ils auraient mis un lit pliant s'ils avaient pu. A cinq dans un tel réduit ? Je n'ai pas posé de questions. J'ai traversé le parc pour me retrouver dans un préfabriqué. Ma classe. Un brouhaha immédiatement cassé par mon arrivée. Tous les élèves dans un garde-à-vous impressionnant. Toutes les têtes se baissent. Elle fait peur, Mme Groussard. Et elle me lâche dans l'inconnu. Débrouille-toi, mon bonhomme, je vais te dresser, disent ses yeux. Je vais m'asseoir. Une prof à lunettes de hibou raconte ce qu'elle veut à toute une bande d'agités qui se racontent autre chose. Chacun son monde. Le mien, c'est la solitude absolue, boussole perdue. A quoi, à qui me raccrocher ? Je flotte à cent kilomètres de chez moi et mon seul appui a déserté. J'ai la haine. Le directeur, ses monts et merveilles, je me le choperai un jour. Il n'y a ni monts ni merveilles. Il n'y a que ma colère de m'être fait rouler dans la farine. Personne à qui dire que c'était un guet-apens. Personne à appeler à mon secours. Qu'est-ce que je fous là ? Mais qu'est-ce que je fous ? Je pose ma tête sur mon bras. Je pleure sans qu'on me voie. Les paroles de M. Bonnefoy me reviennent.

– N'oublie tout de même pas que tu emmènes tes problèmes avec toi. Ils ne vont pas rester ici tandis que tu seras là-bas.

Je lui en veux de ne pas m'avoir retenu, de m'avoir laissé faire mon expérience. Elle est faite. Je vais le lui dire. Je me penche vers mon voisin.

– Pour téléphoner, on fait comment ?
– Tu demandes à l'arbitre. Elle te dira.
– L'arbitre ?
– Oui. Mme Groussard, à cause de son sifflet…

Il rigole. Moi pas. L'heure de cours finie, je fonce au bureau.

– J'ai besoin de téléphoner, madame. Comment est-ce que je fais ?

Je l'aurais insultée, elle m'aurait peut-être engueulé moins fort. J'ai ramassé, abruti.

– Mais pour qui tu te prends ? Tu crois sans doute pouvoir faire la loi, ici ? Tu claques des doigts et je te donne le téléphone ! Mais tu rêves, mon garçon. Et qui veux-tu appeler ? Pour dire quoi ?

Je n'ai pas osé parler de M. Bonnefoy. J'ai bredouillé :

– Je veux joindre mes parents.

– Eh bien, vas-y. On va voir.

Elle a composé le numéro en regardant sur ma fiche. Elle m'a tendu le combiné, restant collée à moi. La voix de ma mère, guillerette et ma réponse lamentable.

– ... Oui, ça se passe très bien. Je vous embrasse. A vendredi.

Un sourire s'est dessiné sur les lèvres de l'arbitre. Elle m'a fichu à la porte sur un :

– Tu commences à comprendre. Et tu comprendras mieux de jour en jour jusqu'à ce que tu deviennes un bon élève. J'ai consulté ton dossier, tu sais. Et je te connais.

Ça, ma vieille, c'est moins sûr. Je sais aussi enfiler une tenue de camouflage et si mercredi je ne peux pas joindre Sarah, ça ira mal pour toi.

Je rentre immédiatement dans ma peau d'élève sage, sérieux, attentif à tout : surtout à ce qui ne va pas. La bouffe de la cantine ? Rapport qualité-prix : passable. L'étude du soir des internes ? Absolue nullité. Un autre préfabriqué, un maître d'internat moustachu et peinard qui lit le journal mais n'aide personne. Il n'a pas que ça à faire ! La douche avant le coucher ? Une gigantesque bagarre au jet qui ne m'amuse pas. Je rentre dans ma chambre. Je fais mon lit. Je m'étends. Rien de l'odeur de la maison. Rien. Les housses de couette sont neuves. Je me roule en boule. Je ne réponds pas à mes quatre voisins qui veulent tout savoir sans rien payer. Je fais semblant de dormir. Extinction des feux. Il est 21 heures. Je peux chialer tranquille. Le moustachu entre. Il s'assoit sur mon lit. Il est gentil. Il chuchote :

– Je sais que tu pleures, Antoine. C'est toujours dur les premières semaines, les premières nuits surtout. Les autres font les marioles mais ils n'étaient pas plus fiers que toi, l'année dernière, quand ils sont arrivés. Je t'aiderai à tenir le coup. Tu veux ?

Je ne réponds pas. Il me pose la main sur l'épaule et s'en va. Moi, je rumine. Mercredi. Le téléphone. Sarah. J'abandonne mon camouflage de sagesse. Je réveille mon voisin en le secouant. Je l'attrape par le col sans qu'il comprenne.

– Est-ce qu'on peut téléphoner d'ici sans surveillance ?

Il me prend pour un fou.

– Ça va pas, la tête ! Tout passe par l'arbitre. Elle surveille tout, elle écoute tout. Le seul téléphone, il est dans son bureau... ou alors faut que tu paies et cher à un grand qui a un portable planqué. Mais faut la thune... Mais pourquoi tu me demandes ça ?

– Si on te le demande...

Je le repousse. Je m'assois sur mon lit, la tête dans les mains, prêt à exploser. Et ça explose pour de vrai. J'ouvre la fenêtre. Je tire mon matelas sans difficulté tant il est léger et je le balance de deux étages. Je m'habille supersonique. Je serre ma couette dans mes bras et je dévale les escaliers. J'entends gueuler derrière moi « où tu vas ? ». Mais je suis déjà dans les bois après un sprint olympique. Je m'adosse à un vieil arbre mort et j'attends.

Une drôle de nuit. Les lumières du château s'allument. De l'endroit où je suis, je vois l'arbitre sur le perron, les maîtres d'internat agiter des lampes de poche, des têtes qui passent par les fenêtres. Pas la peine de me cacher : il fait trop noir pour me trouver. J'entends l'arbitre m'appeler. Appelle toujours ! Je m'installe pour le mieux. Quand la fourgonnette des gendarmes arrive par le grand portail, je sais que j'ai gagné. Ils discutent avec l'arbitre. Ils font une vague reconnaissance dans le parc, avouent leur impuissance et rentrent au château... Les lumières s'éteignent une à une. Un nuage passe devant la lune. Je m'endors.

La rosée du matin me réveille. C'est beau. Encore plus beau quand je vois ce que j'ai voulu voir : la voiture de mes parents pénétrer dans le parc qui dort encore. Je bondis. Je cours à leur rencontre. Ma mère m'étouffe de baisers. J'aperçois l'arbitre arriver au pas de charge mais j'ai pris les devants.

– Papa, papa crois-moi. Ils ont menti. Rien n'est comme ils avaient promis. Le directeur est parti. Tout le monde marche à coups de sifflet et si je veux vous appeler, je ne peux pas sans qu'ils surveillent les conversations. Emmenez-moi, sortez-moi de là.

Les yeux de maman, incrédule, se portent sur le sifflet de l'arbitre. Elle doit dormir avec. Elle s'approche, mâchoires serrées, l'air si mauvais que je n'ai rien à rajouter. Elle a à peine aboyé que mon père prend les devants.

– Inutile de m'expliquer. Vous l'avez déjà fait cette nuit. L'affaire est entendue... Antoine, va chercher tes affaires, je m'occupe des formalités.

Je monte dans ma chambre. Je prends mes deux sacs sous le lit. Je dis « merci » au moustachu et « salut » à mes quatre « camarades » de chambre. « T'as du bol », disent leurs yeux.

Je ne me retourne pas. Je dégringole les marches. Je m'engouffre à l'arrière de la voiture. Je m'allonge. Je ferme les yeux. Quand mon père met le contact, je pousse un immense soupir. Je me redresse au dernier moment pour voir disparaître l'arbitre et son sifflet.

Dans le rétroviseur, le visage de mes parents est d'une tristesse à me faire pleurer. Je pleure. Ma mère pose sa main sur mon bras.

– Tu t'en sortiras, Antoine, elle me dit avec gentillesse.

Elle me tend un pain au chocolat. Elle a pensé à moi. Et moi, j'ai tellement pensé à eux.

Toujours allongé, je regarde le ciel, le soleil qui se lève, la brume qui se dissipe. Ma mère est en conversation avec M. Bonnefoy, sur son portable. Elle donne sa version. Je lui donnerai la mienne, la vraie, ce soir; il m'attend. Je suis content.

Mon père se détend. Il murmure à ma mère pour ne pas que je l'entende.

– La chance d'avoir un thérapeute qui assure le service après-vente !

Ma mère glisse sa tête contre l'épaule de mon père. Il lui caresse la joue d'une main. Et je ne me souviens plus de rien.

Je retrouve ma chambre, mon lit, mes posters, mes CD... tout ce que j'avais abandonné.

Le soir, M. Bonnefoy sourit en me voyant.

– Alors, l'internat ?

Je lui rends son sourire.

– C'est pas pour moi.

– Alors, si je comprends bien, tu reviens avec tes problèmes. Tu me les ramènes. Pourquoi être parti si loin ?

– J'ai cru…

Et je reste longtemps silencieux. Puis ça me vient comme ça.

– Il va falloir que je trouve autre chose.

– Oui, a fait M. Bonnefoy. Mais personne ne peut aller plus vite que la musique. Appuie-toi sur tes parents. Ils sont toujours là… et puis un jour, tu n'auras plus besoin d'eux comme maintenant, pas plus que de moi, d'ailleurs. Tu vas vieillir… C'est comme ça. Des fois, c'est la crise, comme en ce moment. Mais une crise, ça passe. Réfléchis à ça.

J'ai tellement réfléchi que je n'ai pas dit un mot jusqu'à la fin de la séance.

M. Bonnefoy m'a laissé tranquille. Mais j'aurais juré qu'il lisait dans mes pensées. Quand je me suis levé, il m'a dit :

– Tu vas pouvoir retrouver Sarah.

Comment il savait que je pensais à elle, rien qu'à elle ?

J'ai prévenu mes parents. Je rentrerai à pied. J'avais besoin de réfléchir. Et j'ai fait ce que j'avais à faire.

– Allô ! Sarah ? Je t'appelle en cachette. Je ne peux pas faire autrement. Rends-moi service sans demander d'explication. Descends tout de suite avec ton portable. Je te rappelle. Tu m'aimes encore ?

– Oh oui ! mais j'attendais demain, mercredi.

– Je raccroche. Descends vite. Faut que je raccroche.

Quand elle m'a vu devant son immeuble, elle n'a rien compris. Elle s'est jetée dans mes bras. Ça me suffisait comme ça. Et c'est elle qui a pleuré de bonheur dans mes bras.

Chapitre 19

Pas besoin de faire un dessin. Mon retour-au-secours n'a rien changé à ma situation. Mais je n'y comprends plus rien. Mes parents se sont radoucis. Même s'ils n'en pensent pas moins, ils ne me demandent plus « qu'est-ce qu'on va faire de toi ? » en soupirant. Non. Ils me fichent une paix royale. Trop royale pour être honnête. Peut-être à cause de leur dernière réunion secrète avec M. Bonnefoy. Ils ont pris un abonnement, comme moi. Et ça ronronne tranquille. Je n'ai pas de collège : tant pis.

Dans deux mois les grandes vacances : tant mieux. Où je vais me retrouver ? Dieu seul le sait. En attendant, je suis malade, avec certificat médical tamponné, vérifié. J'ai même été convoqué par un médecin, inspecteur du rectorat pour contrôler avec des questions et un stéthoscope que j'avais bien une maladie avec un vrai nom dessus. Impossible de dire laquelle, mais quand je lui ai parlé de M. Bonnefoy, elle a poussé un vague « c'est bien » et m'a fiché la paix.

Je suis inscrit, pour la forme, aux cours par correspondance qui n'arriveront, au mieux, qu'à la mi-juillet parce qu'il faut plein de temps pour remplir les papiers, les dossiers…

Ma seule obligation : deux morceaux d'après-midi où un étudiant vient à la maison pour que je ne me déscolarise pas. Je ne dis pas à mes parents qu'ils gâchent leur argent mais je le pense vraiment. Christophe arrive. Il s'assoit à côté de moi et, pendant deux heures, il peut me raconter n'importe quoi : je n'écoute pas. Je rêve. Il peut bien me dire que les mathématiques, le français, l'anglais, ça me servira, plus tard ; je le sais bien. Mais moi, c'est maintenant qui m'intéresse. Et si mes parents le paient pour me répéter ce qu'ils n'ont pas cessé de me seriner, c'est leur problème. J'ai perdu ma rage. Je nage dans un brouillard triste. Je n'ai envie de rien. Même plus de faire l'imbécile. Encore moins de m'appliquer à écouter Christophe. Je bâcle devant lui trois exercices archi-faux. Il les corrige sans que je l'écoute et tout le monde est content. J'ai rempli mon contrat et je peux voir Sarah.

Deux semaines de calme plat. Ma mère a perdu sa tête de Droopy-chien-triste. Mon père n'aboie plus. La trêve. Je sais très bien que mes parents se rongent les sangs. Pas autant que moi ; autrement. Et puis un soir, ça pète. Pour la première fois, mes parents s'engueulent devant moi. Une véritable engueulade qui fait tout basculer.

Il a suffi que grand-mère téléphone de « chez-nous », là-bas. Ma mère répond comme toujours. « Tout va bien. Antoine ? Rien de particulier ». Et elle botte en touche. Elle prend des nouvelles de son père, de la famille…

A peine elle a raccroché, que mon père éclate en hurlements.

– Ça suffit. Pourquoi tu mens ? Pourquoi ne pas dire la vérité ? Non, Antoine ne va pas bien. Nous non plus d'ailleurs. Et ça fait six mois qu'on joue la comédie. Au nom de quoi ? Pour sauver les apparences ? Pour pouvoir raconter que nos mutations ont été de francs succès ? Je m'en fous de mon poste de prestige au ministère. On contraint même Antoine, par notre attitude, à mentir quand il parle à ses grands-parents. On s'est démerdés pour ne pas qu'il retourne « chez-nous » en vacances. Est-ce qu'ils savent seulement, tes parents, le racket, l'internat, la thérapie ? Non. Rien. Ils ne savent rien. Et ça, c'est fini. De quoi tu protèges tes parents ?

– Mais ils sont vieux. A quoi bon les angoisser ? Ma mère dort déjà si mal…

– Parce que nous on dort bien ?

Je suis parti sur la pointe des pieds. J'ai tout suivi du couloir.

C'est vrai que moi aussi je leur mentais, à mes grands-parents. J'avais honte de leur raconter tout ce qui allait mal. Mon père, lui, n'avait plus honte de rien et il le hurlait à maman.

– Ta mère, je la rappelle. C'est moi qui vais lui dire. Je n'ai rien à cacher. La vérité, c'est la seule chose qui peut aider Antoine. Et si ta mère fait un cauchemar de plus ou de moins, qu'est-ce que ça peut faire ? A force de mentir, on se retrouve prisonniers tous les trois, Antoine, toi et moi. On tourne en rond.

Je me suis enfermé dans ma chambre. J'ai eu peur que mes parents se séparent. Là, c'était pour de bon. Papa cognait fort avec ses mots.

– On n'a pas d'amis, ici. On n'a pas réussi à s'en faire. On ne peut s'appuyer sur personne pour parler, simplement parler, pas demander des solutions. Il n'y a que M. Bonnefoy qui nous donne un sacré coup de pouce. J'en ai marre, marre, marre. Alors si tu n'es pas contente…

Ce sont les derniers mots que j'ai entendus. A faire froid dans le dos. Et puis un silence inquiétant qui a duré, duré... jusqu'à ce que la porte s'ouvre. Ma mère, en larmes, m'a dit que grand-mère voulait me parler.

J'ai pris le sans-fil. J'ai écouté sans y croire. J'ai dit « c'est vrai, grand-mère ? ». Elle a répondu « évidemment, gros bêta ! ». J'ai raccroché. Je me suis jeté dans les bras de papa. J'étais tellement heureux. J'ai quitté mon père. J'ai embrassé ma mère.

– Vous voulez bien ?

– Non seulement on veut mais c'est la seule solution pour toi.

Il a ri.

– Ça au moins, ça sera un internat sans coups de sifflet !

– Et je vais revoir tous mes copains, retrouver mon collège ? C'est là que je serai ?

– Où veux-tu que ce soit : c'est le collège du secteur puisque tu habiteras chez tes grands-parents.

– Et j'y vais quand ?

– Le plus tôt possible.

J'ai changé de visage, tout à coup, comme si gagner d'un côté, c'était perdre de l'autre.

Ma mère a froncé les sourcils.

– Ça ne te plaît pas ?

– Si, si. Mais vous, Sarah, M. Bonnefoy ?

J'étais à nouveau perdu. Mon père m'a fait asseoir à ses côtés sur le canapé.

– La décision est prise, Antoine. On en parlera à M. Bonnefoy. Mais ne panique pas. Une chose à la fois. Et je pense qu'à la fin, ce sera encore toi le gagnant.

– Comment ?

– Le TGV, ça existe, non ?

– Oui. Et alors ?

– Alors on va procéder par ordre. Tu pars en éclaireur chez tes grands-parents. Tu retrouves ta place, ta classe, tes copains, nos voisins, nos amis. Et les week-end, tu les passes à Paris. Tu verras Sarah, tu verras M. Bonnefoy et même tes parents, si ça ne te dérange pas trop.

J'ai souri.

– Nous, on demande notre mutation. Ça risque de

prendre du temps. Et quand ce sera fait, on retrouve une autre maison, on s'installe chez-nous pour de bon. Toi, tu t'en fiches, tu seras déjà sur place.

– Je peux en parler à M. Bonnefoy ?

– Qu'est-ce qu'il t'a déjà dit ?

– Que je l'appelle quand je veux, si j'ai besoin… Là, je n'ai pas besoin mais j'ai envie.

– Alors…

M. Bonnefoy, au téléphone, m'a demandé de le rappeler. Il était avec quelqu'un. Quand je l'ai eu, une demi-heure plus tard, il a écouté sans rien dire. Mais dans son silence, il y avait du bonheur, j'en suis certain. Il m'a demandé de lui passer mon père ou ma mère pour prendre rendez-vous.

– Demain soir ? d'accord, a dit maman.

Je ne peux pas dire avec des mots ce que j'ai ressenti. Mais c'est mes bras, mes jambes, mon dos, tout mon corps qui parlait. Tout s'était détendu. Comme si la boule porc-épic était devenue une boule de douceur. Je n'avais plus envie de mordre, d'arracher, de taper. C'était comme un étang de « chez-nous », calme.

M. Bonnefoy, le lendemain soir, l'a remarqué aussitôt.

– On dirait que tous les morceaux de la famille disloquée se sont enfin rassemblés.

Je n'ai pas bien compris. Mon père et ma mère, eux, ont rougi.

– Vous le saviez avant moi que j'allais retourner « chez-nous » ? j'ai demandé à M. Bonnefoy.

– Le savoir ? Non. Je ne suis pas voyante extra-lucide ; j'aimerais bien… Mais avec tes parents on a travaillé aussi. Et ça donne Antoine qui retrouve sa place. Tu as été transbahuté, ballotté, trimballé et tu remets maintenant les pieds dans tes chaussures – pardon, tes baskets. Mais on en reparlera tous les deux tranquillement. On a encore quelques petits morceaux à recoller.

S'il le disait. Je lui faisais confiance.

– Ne t'emballe pas, Antoine. Il va falloir que tu te prépares à quitter tes parents. Fais-le doucement. Et nous, on se voit tous les samedis après-midi à partir de la semaine prochaine. On change notre rendez-vous. Ça te va ?

Tout m'allait sauf ma peur de raconter l'invraisemblable à Sarah. Comment elle allait le prendre ? Mon ventre s'est remis à jouer du tambour à la sortie de son collège. J'étais tout pâle. On s'est cachés au MacDo. J'ai tout déballé d'un coup, tête baissée. Et que j'allais même me remettre à bosser. Que les profs, je ne leur en voulais plus.

Elle avait les yeux rieurs quand j'ai enfin osé la regarder. Elle m'a pris la main, l'a caressée.

– Les profs, ils t'ont quand même arrangé.

– Pas tous.

– D'accord. Mais pour nous deux, qu'est-ce qu'il y a de changé ? Je te verrai tous les week-end et tu m'appelleras en semaine. Et plus la peine de jeter ton matelas par la fenêtre. Ta grand-mère n'écoutera pas aux portes.

Je l'ai embrassée. Qu'est-ce qui s'était passé ? Comme si tout ce qui tournait autour de moi s'était remis à sa place.

– Mais vraiment, vraiment, ça ne te fait pas plus que ça ? Tu n'es pas jalouse comme l'autre fois ?

– Jalouse de quoi ?

J'ai pu partir tranquille. Sur le quai de la gare, une semaine plus tard, Sarah se tenait à côté de mes parents sur le quai du TGV.

Une heure quarante pour être récupéré par grand-père et grand-mère, mon oncle, ma tante. Il ne manquait que la fanfare, un tapis rouge et des fleurs.

Ma chambre était prête. Mes anciens copains sont venus rôder en vélo autour de la maison. Ils voulaient s'assurer que leurs parents n'avaient pas menti, que j'étais au pays.

Quand lundi, j'ai repris le chemin du collège, c'est en courant. Et ne me croyez pas si vous voulez, certains profs m'ont embrassé.

CLAUDE GUTMAN
L'AUTEUR

Claude Gutman est né en 1946 en Palestine, alors sous mandat britannique. Après avoir vécu dans un kibboutz, il émigre en France avec son père à l'âge de six ans, puis est recueilli par sa grand-mère. Il devient professeur de lettres mais quitte l'enseignement pour se consacrer à l'édition, parallèlement à son travail d'écrivain. Il écrit aussi bien pour les adultes que pour la jeunesse. Sa trilogie publiée chez Gallimard Jeunesse dans la collection Folio Junior, *La Maison vide, L'Hôtel du retour* et *Rue de Paris* est une référence en littérature jeunesse.

SERGE BLOCH
L'ILLUSTRATEUR

Serge Bloch vit à Paris. Après diverses tentatives pour apprendre à jouer d'un instrument de musique, il a suivi les conseils d'un ami et s'est penché sur une table à dessin. Le mauvais musicien s'est révélé illustrateur de talent ! Serge Bloch se résume ainsi : « Comme tout illustrateur illustre, j'illustre. Je me suis frotté à la bande dessinée humoristique, je fais quelques albums, des livres de poche et je travaille beaucoup dans des journaux pour enfants. »

Découvrez d'autres livres
de **Claude Gutman**

dans la collection FOLIO **JUNIOR**

LA MAISON VIDE

FOLIO **JUNIOR**
n° 702

Juillet 1942. David les a vus, son père et sa mère, leur valise à la main, entre deux policiers. Il les a attendus longtemps, longtemps. Lui dormait chez les voisins depuis des mois. C'est pour cela qu'il n'avait pas été emmené.

1944... David a quinze ans, il est vivant. Il est rempli de douleur et de rage, et surtout habité par toutes ces voix contradictoires : « tu es juif, tu es comme tout le monde, tu es français, ils t'ont abandonné, il faut faire confiance, il ne faut jamais faire confiance. On est seul. On n'est jamais seul ». Il écrit pour comprendre.

L'HÔTEL DU RETOUR

FOLIO **JUNIOR**
n° 970

David, le héros de *La Maison vide*, a maintenant quinze ans. Réfugié dans un home d'enfants sous une fausse identité, il échappe de justesse à la rafle qui le prive de ses derniers compagnons.

David est seul, taraudé par un immense désir de vengeance… Commence alors une longue année d'attente et d'errance. David espère toujours le retour de ses parents. Et un matin, il franchit le seuil de l'hôtel *Lutétia*, une photo à la main…

RUE DE PARIS
===

FOLIO JUNIOR
n° 1114

David, le héros de *La Maison vide* et de *L'Hôtel du retour*, vient d'apprendre la mort de ses parents en déportation. Il ne rêve que vengeance, quel que soit le prix à payer. La guerre s'achève. Dans sa colère et son désespoir, David rompt les dernières attaches qui le lient à son passé et embarque sur un bateau clandestin pour la Palestine. Il connaîtra les camps d'internement britanniques avant de travailler dans un kibboutz.
Là, David découvre qu'une autre guerre commence.

Mise en pages : Aubin Leray

Loi n°49-956 du 16 juillet 1949
sur les publications destinées à la jeunesse
ISBN 978-2-07-063390-6
Numéro d'édition : 279555
Premier dépôt légal : mai 2013
Dépôt légal : novembre 2014
Imprimé en Espagne par Novoprint (Barcelone)